Un franc le volume

NOUVELLE COLLECTION MICHEL LÉVY

1 FR. 25 C. PAR LA POSTE

COMTESSE DASH

— ŒUVRES COMPLÈTES —

BOHÈME

ET

NOBLESSE

NOUVELLE ÉDITION

CALMANN LÉVY, ÉDITEUR

ANCIENNE MAISON MICHEL LÉVY FRÈRES

RUE AUBER, 3, ET BOULEVARD DES ITALIENS, 15

A LA LIBRAIRIE NOUVELLE

BOHÈME ET NOBLESSE

CALMANN LÉVY, ÉDITEUR

OUVRAGES

DE

LA COMTESSE DASH

Format grand in-18

PARIS. — IMPRIMERIE P. MOUILLOT, 13-15, QUAI VOLTAIRE. — 23392

BOHÈME

ET

NOBLESSE

PAR

LA COMTESSE DASH

NOUVELLE ÉDITION

PARIS

CALMANN LÉVY, ÉDITEUR

ANCIENNE MAISON MICHEL LÉVY FRÈRES

3, RUE AUBER, 3

1881

BOHÈME ET NOBLESSE

I

ENTRÉE EN MATIÈRE

Le temps où nous vivons est, à ce que prétendent les moralistes, une époque de transition ; nous enfantons pour l'avenir des prospérités infinies et nous souffrons de cet enfantement dont nous ne devons pas recueillir les fruits. Par cette raison-là ou par une autre, il ne me convient pas de l'examiner ici, ce bienheureux temps ne me semble pas le meilleur. C'est

1

déjà trop d'y être, il me semble; c'est déjà trop
d'assister forcément aux tragi-comédies qui se
jouent autour de nous, sans les retracer encore
dans les ouvrages d'imagination, sans les re-
trouver au théâtre. Sous prétexte d'être *vrai* et
de corriger nos mœurs, on nous montre les bas-
fonds d'une société qui s'écroule; cela peut
inspirer un dégoût profond, mais je ne crois pas
que cela guérisse personne.

Si vous le permettez, mes chers lecteurs, nous
allons donc retourner vers un siècle dont on a
beaucoup médit et qui avait du bon pourtant. Il
était au moins plus gai, plus amusant, moins
hypocrite que le nôtre. En admettant qu'il eût
les mêmes défauts, ses vices sentaient l'ambre
et non pas le cigare. Ses écarts étaient de bonne
compagnie; il avait encore des croyances et des
dévouements que vous chercheriez en vain autour de vous. On ne valait pas mieux, sans doute,

mais on était mieux élevé, la forme voilait le
fond ; il était possible de s'illusionner, et si l'on
avouait franchement ses oublis de la morale, au
moins n'avait-on pas la prétention de prêcher
les autres en les brusquant. Vous savez donc que
maintenant nous sommes en l'an de grâce 1760,
sous le règne de Louis XV, j'allais ajouter en
celui de madame de Pompadour, à la porte d'une
belle abbaye de femmes, située au bord de la
Loire, non loin de Saumur, c'est-à-dire dans un
des plus splendides paysages de cette belle con-
trée qu'on a surnommée le jardin de la France.

Il est presque nuit, et deux enfants, un garçon et une fille, sont assis sous l'un des derniers
arbres de l'avenue ; ils mangent de bon appétit
un morceau de pain noir et un débris de viande,
dont la forte odeur d'ail révèle l'origine. De
temps en temps leurs regards inquiets se lèvent
sur le portail de l'abbaye, hermétiquement fer-

mée comme de droit ; il y a dans les regards du
désir et de la crainte.

— Mon frère, dit la petite fille, il faudra
pourtant nous décider ; on va sonner l'*angelus*,
et quand la tourière aura mis la chaîne, si nous
ne sommes pas entrés et reçus, nous passerons la
nuit à la belle étoile.

— Oui, ma sœur ; mais si on nous chasse,
nous la passerons tout de même et nous aurons
reçu un affront.

— Et pourquoi nous chasserait-on, je te prie ?
interrompit la petite fille en se levant d'un air
offensé.

— Parce que... parce que... parce que des
bateleurs, des danseurs des rues, sont singu-
lièrement placés dans une maison comme
celle-ci.

— Ne sommes-nous pas d'honnêtes créatures ?

— Certes, mais qu'importe? Tu danses le
fandango et moi je fais sauter des boules en
équilibre, le tout avec des gestes et des façons
fort peu canoniques; et quand il n'y aurait que
notre costume...

— Notre costume est caché sous nos man-
teaux, et nous ne le montrerons qu'à bon es-
cient.

— Marcelline, tu es trop confiante.

— Noël, tu es trop défiant.

— Tu recevras ta leçon.

— Et ce papier, cette lettre! Tu m'impatien-
tes, à la fin. N'obéissons-nous pas à feu notre
mère?

— Je le sais bien, mais...

— Mais, mais, madame l'abbesse en déci-
dera. Ta poltronnerie me donne du courage;
me voilà décidée et je vais agiter le marteau.
Il vaut mieux savoir notre sort que de l'atten-

dre. Si je me trompe, eh bien! mes castagnettes et ton tambour de basque ne sont pas
perdus.

Après ces mots, elle marcha résolument vers
l'abbaye, et frappa un coup retentissant : presque aussitôt une sœur, vêtue de blanc, avec un
voile noir et un long scapulaire bleu, ouvrit la
grille du guichet.

— Qui est là? dit-elle, que demandez-vous?
On n'admet pas les vagabonds à pareille heure.

— Nous ne sommes pas des vagabonds, ma
sœur; nous avons une lettre à présenter à madame l'abbesse, et nous avons l'espoir d'être
reçus dans la maison de Guillaume Lerat, le
jardinier.

— Faites alors le tour de la muraille à droite,
et frappez à l'huis du potager. Guillaume vous
introduira s'il le juge à propos.

La grille se referma. Noël secoua la tête.

— Heu! mauvais début, ces nonnes ne sont pas avenantes.

— Bah! celle-ci est vieille et laide, les jeunes ne seront pas si sévères. Allons chez Guillaume.

Noël suivit sa sœur sans lui répondre; des deux elle était la plus énergique et la plus résolue, ainsi que cela arrive presque toujours en pareil cas. Elle trouva sans peine la porte désignée et n'eut pas besoin d'y heurter; elle était ouverte, un homme conduisant une brouette était prêt à sortir. A l'aspect des nouveaux arrivés il s'arrêta, dressé comme un point d'interrogation. Marcelline le comprit.

— Êtes-vous Guillaume Lerat? demanda-t-elle.

L'homme fit une moue méprisante.

— Je suis Guillaume pour madame l'abbesse et pour les dames de chœur, je suis Lerat pour les novices et les postulantes, pour des espèces comme vous et pour les converses, je suis M. Guillaume Lerat, s'il vous plaît; apprenez à parler. A présent, que me voulez-vous?

— M. Guillaume Lerat, vous avez eu une sœur?

— Ma foi! il y a si longtemps que je ne m'en souviens plus.

— Elle s'en est souvenue, elle, et nous venons de sa part.

— Ah! fit le jardinier dont le visage changea.

— Oui, M. Guillaume Lerat, continua Marcelline (c'était toujours elle qui parlait); oui, elle nous a envoyés vers vous; elle a cru que vous l'aimiez comme elle vous aimait, elle a eu confiance en cette amitié, et elle nous a donné ordre de nous rendre ici.

— Et qu'y venez-vous faire ici, petits men-
diants?

— Nous sommes ses enfants, mon oncle, répliqua la petite fille avec une nuance de crainte
qu'elle ne put dominer.

— Est-il Dieu possible! s'écria Guillaume en
lâchant la brouette qu'il avait toujours tenue jus-
que-là.

Noël eût voulu être bien loin ; il trouvait dans
cette exclamation une surprise si contristée,
qu'il se voyait déjà mis à la porte. La physionomie de Lerat exprimait plusieurs sentiments
divers ; il était difficile de prévoir lequel l'em-
porterait. C'était une de ces figures réjouies,
assez ouvertes, assez bienveillantes, où la finesse
se cachait sous la simplicité ; une magnifique
trogne et un embonpoint de chanoine révélaient
l'attraction de Guillaume pour la bonne chère
et pour le cabaret. Il avait quelque peine à dé-

1.

venir sérieux. Cependant un autre penchant, très-dominant aussi chez lui, le poussait à la dureté et à la dénégation. Sa sœur et ses neveux avaient sans doute besoin de ses secours, et Guillaume était encore plus avare qu'il n'était joyeux et ivrogne.

Il examinait donc d'un air prévenu et inquiet la famille improvisée que lui envoyait le hasard.

Ni le charmant visage de Noël, ni la grâce et la séduction de sa sœur ne lui inspirèrent de sympathie ; il ne vit que leurs vêtements plus que simples et leur apparence modeste ; ils étaient pauvres évidemment. Il se gratta l'oreille et chercha une manière d'éluder la question.

— Et qui me prouve que vous êtes les enfants de ma sœur ? poursuivit-il.

— Ceci, répliqua la jeune fille.

Elle lui tendit une lettre ouverte et une autre fermée, il les prit et les retourna dans ses doigts d'un air embarrassé.

— Je ne sais pas lire, dit-il enfin.

— Je vous la lirai, mon oncle, c'est-à-dire je vous lirai celle qui est pour vous ; l'autre est pour madame l'abbesse et...

— Pour madame l'abbesse, pour madame la princesse de Charly ! ma sœur a osé...

— Voici ce qui vous concerne, mon oncle.

— « Je ne vous reverrai plus, mes enfants,
» je sens que la mort m'a frappée, et le seul
» regret que j'éprouve en quittant la vie, c'est
» de ne pas vous embrasser une dernière fois.
» Il me faut accepter cette cruelle punition de
» mes fautes. Je dois vous révéler aujourd'hui ce
» que je vous ai soigneusement caché jusqu'à

» présent; c'est peut-être votre seule chance
» d'avenir. J'ai un frère, jardinier à l'abbaye de
» Sainte-Césaire, auprès de Saumur; il n'a pas
» d'enfants, et s'il veut vous recevoir, vous pour-
» rez trouver en lui un père. La lettre que je
» joins à celle-ci vous aidera peut-être à trouver
» un bon accueil. Madame l'abbesse a eu bien
» des bontés pour moi autrefois. Que mon frère
» me pardonne et ne fasse pas retomber sur
» vous la juste rancune qu'il m'a gardée. Vous
» êtes innocents, vous êtes orphelins. Je sais
» qu'il est dur, mais au fond il était bon dans
» notre jeunesse. Qu'il n'oublie pas combien je
» l'aimais, et qu'il vous le rende; je le bénirai
» dans le ciel, où Dieu me fera peut-être la grâce
» de m'admettre !

　　» Soyez toujours honnêtes et sages, rappelez-
» vous que je vous ai confiés à la Providence,
» qu'elle ne vous a pas abandonnés, et que vous

» m'avez promis de reconnaître ses bienfaits par
» votre conduite.

» ÉTIENNETTE LERAT. »

Guillaume écoutait attentivement en se grattant les oreilles et le nez, ce qui chez lui était un signe de préoccupation sérieuse. Ses yeux se portèrent sur Noël, debout et immobile en face de lui, et comme il éprouvait le besoin de s'en prendre à quelqu'un de l'embarras qu'il éprouvait :

— Te voilà donc muet comme une carpe, toi; est-ce que tu n'as pas de langue?

Le jeune garçon manquait d'initiative, c'est certain ; mais il ne manquait pas de résolution et même de hardiesse au besoin. Guillaume paraissait peu flatté de leur visite, et sa susceptibilité s'en arma.

— Que puis-je dire à qui me fait un pareil

accueil? à qui n'a pas même un regret pour ma mère? Ma sœur me semble prendre bien des soins inutiles ; je crois que nous ferions mieux de nous retirer.

— Non, interrompit violemment Guillaume, mais... dame... c'est tout de même un peu lourd de se voir comme cela deux enfants sur les bras quand on ne s'y attendait point. Quant à votre mère... c'était ma sœur, c'est vrai, mais elle s'est mariée juste au moment où elle aurait pu me regagner tout l'argent que j'ai dépensé pour elle, et... enfin! Que savez-vous faire?

— Danser, chanter.

— Après?

— Moi, je suis fort en équilibres, ma sœur joue du luth.

— Miséricorde du ciel! des bateleurs! que voulez-vous pratiquer dans cette sainte maison!

On vous en mettra dehors avec la croix et l'eau bénite.

— Allons-nous en, mon frère, dit tristement Marcelline, ma pauvre mère s'est trompée lorsqu'elle a cru nous préparer un asile. Nous n'apporterons pas ici le trouble et la discorde ; partons.

— Encore un instant, folle ; tu me parais vive comme un papillon, il faut s'entendre ; avez-vous faim ?

— Nous avons soupé avant d'entrer ici.

Guillaume fit un signe de satisfaction. Cette précaution le disposa en leur faveur.

— Laissez-moi vider ma brouette, poursuivit-il, attendez-moi dans cette allée ; surtout ne cueillez ni une fleur ni un fruit, et ne foulez pas mes bordures. Je reviens tout de suite.

Les orphelins obéirent et ils pénétrèrent dans le beau et vaste jardin de l'abbaye ; il faisait

honneur aux soins de Guillaume. Il était difficile de voir un verger mieux garni et des plates-
bandes plus parfumées. Après le potager, on
apercevait le parterre, et au fond un quinconce
de magnifiques tilleuls formant une immense
salle de verdure, à très-peu de distance du royal
bâtiment de l'abbatiale, construit sous Fran-
çois Ier, en pleine renaissance, avec toute la
splendeur de l'époque. Les fenêtres ouvraient
d'un côté sur le jardin que je viens de décrire,
et de l'autre sur la Loire, dont une terrasse le
séparait seulement. C'était une situation rare,
au milieu d'un paysage enchanteur. Le voisinage
de la ville rendait les communications plus fa-
ciles et plus fréquentes. Sainte-Césaire était loin
de ressembler à une thébaïde.

— Il me semble que je vivrais bien ici, dit
Marcelline.

— En prison !

— Non, pas en prison, libre, en travaillant, si l'on veut, au milieu de ces jolies fleurs et de ces beaux raisins.

— Gourmande !

Guillaume rentrait en ce moment ; il déposa sa brouette sous le hangar, et revint vers les enfants qui l'attendaient.

— Eh bien ! dit-il, puisque vous avez soupé, restez ici jusqu'à demain matin. Il y a de la bonne paille fraîche dans la resserre, vous pouvez y dormir ; je ne mettrai pas les enfants de ma sœur sur le pavé, à pareille heure, toute coupable qu'elle soit. La nuit porte conseil, je réfléchirai, et nous verrons demain. Donnez-moi votre lettre pour Madame, je la serrerai dans mon armoire ; ce sera plus sûr.

— Nous avons l'habitude de garder nos affaires nous-mêmes, mon oncle, répondit Mar-

celline ; soyez tranquille, nous ne la perdrons
pas.

Guillaume marmota quelques paroles tout en
les conduisant vers leur lit improvisé; il était
difficile de prévoir quelle serait sa décision, et
plus difficile encore de deviner l'opinion qu'il
avait conçue de personnes si prudentes et si dis-
posées à se défier des armoires des autres.

NOUVELLES CONNAISSANCES

Le lendemain, l'alouette chantait à peine
que déjà les deux enfants étaient debout, gais
et dispos; il faisait un temps magnifique, le
soleil riait dans l'azur, et toute la nature re-
naissait sous un ciel sans nuage. Noël et Marcelline couraient par les allées avec l'impatience
de leur âge. Guillaume, éveillé avant eux,
n'était pas encore sorti de la chambre: il les
regardait par une fente de son rideau, il les

trouvait jolis et réjouissants, mais la dépense
qu'il faudrait faire pour eux l'effrayait.

— Après cela, se dit-il, si madame les accepte, en criant bien fort, elle m'aidera. Et
qui sait ?

Cette réflexion redoubla l'intérêt qui s'éle-
vait dans son cœur pour les orphelins. Leurs
vêtements bizarres l'offusquaient encore, néanmoins ; comment présenter à la princesse un
neveu et une nièce déguisés en saltimbanques !

Marcelline avait une cotte rouge très-courte,
laissant voir une jambe fine et un bas vert à
coins blancs, très-propre et très-bien tiré. Un
soulier à boucles de clinquant aussi frais que le
permettait une longue route à pied. Sur la cotte
rouge une jupe brodée de toutes les couleurs,
très-ample, à plis nombreux, tournoyait au
moindre mouvement. Un corset de velours noir,

à basques découpées, bordées d'un ruban rouge, une chemise à larges manches, encadrant son cou d'une légère dentelle, complétaient son costume *de théâtre*.

Ses longs cheveux, blonds comme les blés, tombaient en nattes sur ses épaules ; ils étaient ornés de rubans de toutes les couleurs et de verroteries, de grosses boules de faux or formaient comme une couronne autour de sa tête ; elle avait des colliers, de longues boucles d'oreilles, et plusieurs chapelets pendaient à sa ceinture, le tout en cristal et en perles imitées. Toutes ces nuances éclatantes, ces faux joyaux n'étaient pas d'un goût bien épuré ; mais l'ensemble chatoyait aux regards, et tout cela seyait admirablement à la taille svelte et cambrée de la jeune fille, à sa peau de satin, à ses yeux noirs et brillants. Elle était plus charmante peut-être que belle ; mais elle avait

treize ans à peine, et il était facile de prévoir
que, vers sa seizième année, ce serait une grande
voleuse de cœurs.

Noël, plus âgé de deux ans, était grand, bien
découplé, brun et fort : ses traits, d'une pureté
de dessin parfaite, étaient déjà formés et pré-
sentaient une rare distinction ; il avait l'air d'un
homme et d'un homme résolu. Un léger duvet
encadrait sa lèvre supérieure, ses dents de na-
cre, comme celles de sa sœur, donnaient à son
sourire une séduction inexprimable.

Il était vêtu de drap amaranthe et de velours
vert. Ses hauts-de-chausse étaient blancs, bro-
dés en or, ils lui venaient d'un page du roi
d'Espagne ; son habit était un pourpoint à
l'ancienne mode, orné de rubans jusqu'à la
profusion ; malheureusement les rubans étaient
un peu fanés, mais on n'y regarde pas de si près
pour courir les grandes routes.

Une écharpe bariolée serrait sa taille, et sur sa tête une toque à plumes posée sur l'oreille, à la manière des juges du moyen-âge, lui donnait un air tout à fait conquérant.

Ils avançaient dans l'allée droite, sans oser sortir de cette partie du jardin, séparée des parterres par un petit mur à hauteur d'appui et une grille. Les pauvres petits éprouvaient cependant une grande curiosité de voir l'abbaye, de jeter un coup d'œil furtif sur cette partie des bâtiments interdits aux profanes et que leur mère avait habitée si longtemps.

Pendant qu'ils essayaient de se donner mutuellement du courage, il leur sembla apercevoir, à travers les charmilles, des robes blanches qui s'avançaient de leur côté. Ils se rapprochèrent l'un de l'autre involontairement.

— Marcelle, ce sont les nonnes, elles vont nous chasser.

— Eh bien ! Noël, nous nous expliquerons auparavant, et, si l'on nous chasse, nous nous en irons à Saumur, nous sommes sûrs d'y faire une bonne journée.

— C'est si humiliant d'être chassé !

— D'une abbaye ! pas du tout. Ce n'est pas nous qu'on chasserait, c'est notre profession. Mais voici les dames, c'est le moment de nous préparer. Non, ce sont des enfants, des pensionnaires.

En effet, c'étaient deux jeunes filles à peu près de l'âge de Marcelle. Elles portaient de longues robes de laine blanche, à peine serrées à la taille par une cordelière bleue, comme celles des novices chez les moines. Leurs cheveux étaient sans poudre, coupés très-courts en boucles. Elles étaient assez jolies, leurs

physionomies exprimaient la bonne humeur
et la franchise. A l'aspect de ces étrangers, elles
s'arrêtèrent.

— Qu'est-ce que cela? demanda la plus grande
à la plus petite.

— Un garçon, ma reine, un garçon chez
Guillaume! Qu'y fait-il? C'est un masque ou
bien un heiduque, peut-être, vous savez, ces
nouveaux laquais dont les étrangers ont donné
la mode. Il faut le savoir. Guillaume! Guillaume!

— Viens, Guillaume Lerat!

Guillaume s'empressa de quitter son observatoire et de courir au-devant des jeunes personnes.

— Voilà votre serviteur, mesdemoiselles; que
voulez-vous? du fruit ou des fleurs, commandez;
mais, pour l'amour de la sainte Vierge, ne

2

cueillez rien vous-même, vous me saccageriez mes plantes et mes espaliers.

— Nous verrons cela tout à l'heure ; d'abord, dis-nous qu'est-ce que cela ?

Guillaume se gratta l'oreille ; la question était directe et embarrassante. Fallait-il avouer les enfants de sa sœur avant de savoir comment ils seraient reçus ? Fallait-il attendre l'événement et tâter la fortune ? La façon de les désigner, *cela*, indiquait peu d'estime. La question fut plus tôt tranchée qu'il le supposait.

Pendant qu'il réfléchissait, Marcelle, dont l'esprit prompt et résolu avait bien vite jugé la situation, s'approcha d'un rosier en fleurs, en coupa avec son petit poignard la plus belle branche, et, s'avançant vers les pensionnaires, elle leur fit la plus gracieuse révérence en la leur présentant.

— *Cela,* mesdemoiselles, dit-elle, ce sont les enfants d'Étiennette Lerat, sœur de Guillaume, chargés par leur mère de remettre une lettre à madame la princesse de Charly, abbesse de cette illustrissime maison.

— Oh! ma tante! s'écrièrent-elles toutes les deux en même temps.

— Si j'ai le bonheur de parler à mesdemoiselles ses nièces, j'oserai implorer leur protection pour deux pauvres orphelins.

— Certainement; mais pourquoi êtes-vous habillés comme des carême-prenants?

— Parce que c'est notre profession, mademoiselle; parce que nous gagnons honnêtement notre vie en dansant et en faisant des tours par les rues des grandes villes.

Marcelle baissa ses longues paupières en prononçant ces mots et se recula un peu. Noël ne revenait pas de sa hardiesse. Quant à Guillaume, il restait confondu.

— Quel bonheur! quel bonheur! nous allons

bien nous amuser! vous danserez pour nous,
vous nous montrerez à danser aussi. Ah! ma
tante vous recevra bien ; elle est si bonne, ma
tante !

— Oui, mais c'est une si grande dame !

— Elle n'est pas fière, je vous en réponds.
Cela tombe à merveille, c'est aujourd'hui sa fête,
nous voulions lui faire une surprise; nous venions
chercher des bouquets à cette heure, afin qu'elle
ne s'en aperçût pas; vous en serez tous les deux.
Comment vous appelez-vous ?

— Marcelle, et mon frère, Noël.

— Moi, je suis mademoiselle de Charly, la fille
du frère de Madame, et ma cousine est mademoiselle de Villevielle, la fille de sa sœur.

La connaissance ainsi faite, Noël reprit un
peu de courage, et tous les quatre se mirent à
babiller. Le programme de la journée fut décidé
entre ces fortes têtes. Marcelle en eut bien vite

pris la direction ; elle courut à la grange, en rapporta sa guitare et ses castagnettes, ainsi qu'un petit tambourin, et demanda aux jeunes filles quel instrument elles choisissaient.

— Tous. D'abord il nous faut les entendre ; jouez, s'il vous plaît.

L'enfant ne se le fit pas répéter deux fois ; elle accorda sa guitare et chanta d'une voix grêle, mais charmante, deux ou trois refrains, ce qui enthousiasma les auditeurs.

— Et des cantiques ? Savez-vous des cantiques ?

— Nous en savons un bien beau ; je crois qu'il vient de cette abbaye ; du moins notre mère nous l'a dit.

— Chantez-le tout de suite.

Jamais une transformation si prompte ne s'opéra sur un visage humain que sur celui de ces deux enfants. Ils songèrent un instant, puis ils

2.

s'agenouillèrent à côté l'un de l'autre, joignirent
leurs mains, levèrent les yeux au ciel et commencèrent une hymne admirable de quelque
vieux maître perdu, ou peut-être était-ce une
inspiration de quelque sainte recluse dans un
moment d'extase. Quoi qu'il en fût, c'était une
musique digne des séraphins.

Les jeunes filles en furent tellement frappées
que leurs genoux se ployèrent doucement, que
leurs yeux se mouillèrent de larmes, et qu'elles
écoutaient encore avec délices alors que les artistes ne chantaient plus. Guillaume lui-même
était ému ; il marmottait entre ses dents :

— Ils sont sorciers, comme leur mère, ils ont
sa voix ; il me semble que je l'entends.

— O mon Dieu ! c'est un chant digne des
anges, dit mademoiselle de Charly. Vous chan-
terez cela aujourd'hui même à l'église, nous
allons en prévenir la mère Augustine ; ce ser

une délicieuse surprise pour ma tante; ensuite vous paraîtrez à la fête. Nous allons bien nous amuser !

— Mais... mais... mamzelle ! mon neveu !... il ne peut pas entrer dans l'abbaye apparemment, si ce n'est au parloir ; vous n'y pensez pas.

— Tiens ! c'est vrai... Il peut entrer à la chapelle, Guillaume, il peut entrer à l'abbatiale, et la fête aura lieu à la chapelle et à l'abbatiale.

— Oui, mamzelle, mais cela n'est pas canonique ; les dames de chœur se fâcheront, la mère Ursule... songez à la mère Ursule !

— Je le crois bien, interrompit mademoiselle de Villevielle, elle qui ne veut pas un moineau mâle dans la cage de mes oiseaux... Il y a un moyen.

— Lequel ?

— Que Noël prenne un habit à sa sœur,

— Oh! mademoiselle! s'écria M. Lerat en se voilant le visage.

— Quel mal y a-t-il à cela?

Un plus habile aurait dit :

— Sainte innocence!

M. Lerat se contenta de prendre un air de pudeur effarouchée et de réserve mystique.

— Si on lui mettait une de nos grandes robes blanches, il aurait l'air d'un enfant de chœur.

— Oh! oui, une de nos robes blanches, et à Marcelle aussi; de cette façon, il n'y aura pas le plus petit mot à dire.

— Alors ils ne danseront pas?

— Ah! c'est vrai... que c'est contrariant!... Ce sera pour un autre jour, on ne peut pas tout faire en même temps. Il faut d'abord accoutumer ces dames à les voir, le cantique les charmera; laissez-moi faire, je les prends sous ma protection et j'en viendrai à bout.

— Miséricorde du ciel! s'écria Guillaume, nous sommes perdus : la mère Ursule, la mère Perpétue, la mère Gillonne!

— Les trois Parques! reprit mademoiselle de Charly. Garde à vous! Noël, cachez-vous derrière les noisetiers, elles ont la vue trouble, et peut-être leur échapperez-vous.

Les vénérables sœurs s'avançaient vers les jeunes filles, dans cette allée droite, ombragée à peine; il n'y avait guère d'espérance qu'elles n'eussent pas distingué le jeune homme, les couleurs voyantes de son habit rendaient la chose plus difficile encore.

— Eh bien, dit mère Ursule, que faites-vous là, mesdemoiselles, qu'est-ce que cette étrangère? comment ose-t-elle s'approcher de cette sainte maison avec la jupe qu'elle porte là?

Les yeux de la révérende profès auraient rallongé ce pauvre cotillon rouge, s'ils en avaient eu la puissance. La danseuse se baissait et se faisait petite; elle commençait à avoir peur; heureusement, mademoiselle de Charly, revenue de la première surprise, ne se laissait pas intimider si facilement.

— Cette jeune fille a été appelée par moi, ainsi que sa sœur, pour la fête d'aujourd'hui, ma mère, je veux faire une surprise à ma tante, et j'étais en train de la régler avec elle quand vous nous avez dérangées; soyez tranquille, cette robe s'allongera.

Charly prenait des airs d'enfant gâtée ou de favorite, auxquels il fallait bien se soumettre, en apparence du moins. Dans ces petites cours embéguinées, la résistance n'était jamais flagrante, elle était dissimulée et voilée par la soumission, ce qui la rendait plus dangereuse.

— C'est différent, c'est différent, mademoiselle, nous vous *dérangeons*, j'en suis désolée,

mais nous venions nous entendre avec Guillaume pour les guirlandes du noviciat. Per-
mettez-vous qu'il nous réponde?

La mère Ursule n'avait qu'une dent, un vrai
cheval de frise planté au milieu de sa mâchoire,
et lorsqu'elle souriait, cet ouvrage avancé se
montrait d'une manière formidable. Elle crut
devoir l'exhiber comme l'appoint de son ironie.
Marcelle, qui n'y était pas accoutumée, en resta
stupéfaite.

Les deux étourdies s'en tirèrent par une révérence respectueuse et se rangèrent pour laisser passer les vénérables mères. Il s'ensuivit un
long colloque avec M. Lerat, qui les promena
dans les plates-bandes, le bonnet à la main, et
reçut leurs ordres entremêlés d'épigrammes et
de questions sur cette *coureuse* qu'on allait introduire dans la maison du Seigneur.

— Madame a pour ses nièges une indulgence

aveugle, ajouta la mère Gillonne; elle verra où
tout ceci pourra la conduire, ce qui en résultera
de bon pour l'abbaye et pour elle. Rien de dan-
gereux comme les favorites, et de tous les étages;
rappelez-vous, mesdames, cette Étiennette, dont
la princesse s'était si engouée dans sa jeunesse,
vous savez comment elle a fini.

— Vous oubliez, ma sœur, que cette fille
était la sœur de Guillaume, interrompit la mère
Perpétue.

— Je ne l'oublie point; Guillaume a assez
souffert de ce scandale, le malheureux! Et son
plus beau titre de gloire est d'être demeuré à sa
place après un pareil événement. Il doit en être
fier, son mérite a triomphé de l'indignité d'une...

La langue du couvent ne fournissant pas de
mots convenables pour rendre sa pensée, la mère
Gillonne n'alla pas plus loin.

Elles rentraient alors dans les parterres, où

Guillaume, ayant exécuté et compris leurs com-
mandements, les abandonna.

Il connaissait assez les mœurs de la commu-
nauté pour être très-sûr que sa nièce avait déjà,
dans la mère Ursule, une ennemie implacable.
Les réflexions de la mère Gillonne prouvaient que
la *vieille cour* n'avait rien oublié. L'horizon était
donc gros de tempêtes, et M. Lerat se promit de
manœuvrer de façon à retirer toujours son
épingle du jeu en tout état de cause.

Aussi se tint-il fort à l'écart de tous les projets
vis-à-vis des nièces de Madame, se renfermant
dans les obligations strictes de sa place, tout en
assurant ces demoiselles de son dévouement res-
pectueux et de son obéissance la plus humble.

Elles lui rirent au nez de tout leur cœur.

III

Noël sortit de sa retraite aussitôt que les révérendes mères eurent disparu : il n'y avait pas moyen de s'en dédire, mademoiselle de Charly en avait fait une fille, il fallait paraître avec la grande robe blanche, sous peine de réveiller toutes les générations de bigotes enfouies dans les caveaux de Sainte-Césaire.

Les jeunes folles s'en divertissaient infiniment ; c'était pour elle un attrait de plus à la

fête qu'elles organisaient. Tout en s'identifiant
à leurs projets, Marcelle songeait à son avenir,
à la lettre de sa mère, à l'abbesse dont leur sort
dépendait.

— Mesdemoiselles, interrompit-elle, voilà
qui est bien pour aujourd'hui ; mais ensuite, je
transmettrai à madame la princesse le message
dont je suis chargée, et elle saura la vérité, ne
l'oubliez pas.

— Ma tante ! je crois bien qu'il faudra la lui
dire ; elle s'en amusera comme vous ; vous ne
savez pas combien elle a d'esprit. Et puis c'est
une vraie grande dame, elle n'a pas les peti-
tesses des esprits étroits comme la sœur Ursule.
Mon père avait coutume de dire qu'elle était
sainte comme la Vierge et imposante comme la
reine. Vous pouvez avoir en elle toute confiance.

Une fois rassurée, Marcelle se mit à la disposition de ses protectrices et leur offrit ses ser-

vices pour organiser leur surprise. Il fut convenu qu'on allait leur envoyer deux robes blanches,
et qu'ensuite Guillaume les conduirait à l'abbatiale et les introduirait par l'escalier dérobé
des sœurs converses, en évitant surtout que la
princesse pût les apercevoir.

— Nenni, nenni, mes belles demoiselles,
interrompit M. Lerat, peu soucieux de se compromettre, dans le cas où les choses tourneraient
mal; avec le respect que je vous dois, je vous
prie de m'excuser si je ne remplis pas vos ordres, j'ai toutes mes préparations à faire, il ne
me reste pas un moment, il faut que j'aille au
grand verger chercher des feuillages. Vos cham-
brières peuvent bien emmener ces garnements
en apportant leurs toilettes, cela sera mieux et
plus naturel.

Les enfants ne comprirent pas la profonde
politique de maître Lerat   xcepté toutefois

Marcelle, encore plus politique que lui; elle le lui fit bien sentir.

— Oui, mon oncle, répliqua-t-elle légèrement et en faisant une cabriole, c'est surtout plus prudent pour le jardinier de l'abbaye, j'en conviens.

— Petite masque! murmura-t-il, elle est fine tout de même.

Et il la regarda avec complaisance; cette finesse-là pourrait être utile et l'*utile* était le dieu de l'illustre Guillaume : il avait devancé son siècle.

Tout étant bien convenu, les jeunes filles retournèrent à l'abbatiale, où leur absence pouvait être remarquée. M. Lerat prit la brouette et se disposa à la remplir de fleurs, Marcelle s'offrit à l'aider; il s'arrêta, se gratta le nez et se posa solennellement.

— Avant tout, mes chers neveu et nièce, rap-

pelez-vous bien ceci : c'est que je n'entends en
rien me compromettre pour vous ; c'est que je
n'accepte aucunement la responsabilité de vos
sottises et de vos hardiesses. Si ces dames, mes
révérendes maîtresses, sont contentes de vous
et vous acceptent, je vous accepte aussi, sans
m'engager à rien pour l'avenir, bien entendu.
Si elles vous chassent , je ne vous connais pas
et n'espérez rien de moi. Ainsi, je ne veux
pas , dans le doute , vous introduire à ma
suite : c'est déjà trop que les trois mères *j'or-
donne* vous aient vus ici ce matin. Je rejetterai
tout sur les nièces de madame, je m'en tirerai
comme cela.

Guillaume, comme bien des gens accoutumés
à vivre seuls, avait pris l'habitude de penser
tout haut, il ne songeait plus à la présence
des enfants de sa sœur. Marcelle la lui rappela.

— Judas a bien renié son divin maître, vous pouvez bien renier votre sang, mon oncle.

Il leva sur elle un air étonné et pas trop mécontent. Sa présence d'esprit et sa franchise ne lui déplaisaient pas, cela pouvait servir à quelque chose. Il s'en alla magistralement sans répondre.

— Noël, poursuivit la petite fille lorsqu'ils furent seuls, il s'agit de faire grande attention à toi. Sois fille, puisqu'il n'y a pas moyen de faire autrement, mais n'oublie pas que dans quelques heures tu reviendras à ton métier de garçon; pour plus de sûreté, sois timide et ne parle pas, cela n'engage à rien.

— J'espère bien ne pas rester dans cette abbaye, j'y mourrais de chagrin s'il me fallait continuer l'état de mon oncle et vivre renfermé entre ces hautes murailles. Il est tout naturel que l'on te garde ici; quand je te verrai bien

placée et sûre d'une protection, j'irai chercher
fortune ailleurs , ainsi qu'il convient à mon
sexe et à mon âge.

Les yeux de Marcelle se mouillèrent.

— Ah ! fit-elle, douloureusement frappée ,
nous sommes de pauvres oiseaux tombés du
même nid , nous n'avons d'autre famille et
d'autres amis que nous deux , car il ne faut
pas compter mon oncle, et tu veux nous séparer !

— Cela n'est-il pas indispensable, ma sœur ?
crois-tu qu'il ne m'en coûtera pas autant qu'à
toi ! Mais si je suis un oiseau, j'ai besoin d'é-
tendre mes ailes et la cage me semble une
prison.

— Attends au moins de savoir si l'on ne
nous repoussera pas l'un et l'autre. Ma bonne
chère mère avait grandement raison, en disant
que les hommes sont ingrats, tu n'es encore

qu'un marmouzet et déjà tu t'essaies à briser
l'unique cœur qui t'aime ici-bas.

Noël était bon ; il comprit qu'il avait blessé,
il embrassa sa sœur avec cette grâce d'une
jeune et naïve tendresse que les années nous
enlèvent si vite. Marcelle avait treize ans ;
elle sécha ses larmes et ne se souvint que du
baiser.

Une heure après ils procédaient à leur toilette sous une tonnelle épaisse, où il était impossible de les deviner. Les cameristes les
eurent très-vite tranformés en pensionnaires
modestes et réservées. Leur beauté n'en fut que
plus frappante, et nul ne pouvait les voir sans
en être charmé. Ils suivaient leurs guides, ou-
vrant de grands yeux ; ils connaissaient Sainte-
Césaire par les descriptions d'Etiennette Lerat ;
pourtant ils ne s'étaient point figuré cette
grandeur, cette magnificence. Le paysage sur-

3.

tout les ravit; la Loire coulant au pied de la
terrasse, ombragée par des arbres séculaires,
les coteaux, les villages, les prairies, les châteaux
semés au milieu de tout cela, le beau soleil de
la Touraine dorant les feuillages naissants des
pampres et les fleurs des aubépines, dont les
parfums embaumaient l'air. C'était splendide.

On les introduisit par un escalier intérieur
dans la tribune, à la chapelle, parée de toutes
les roses du printemps. Mille cierges brûlaient
dans les flambeaux, l'encens montait au ciel en
vapeurs adorantes; ils se crurent en paradis,
Marcelle tomba à genoux. Noël regardait de
tous ses yeux.

Une belle religieuse était à l'orgue, et quelques pensionnaires autour d'elle; à un signal
donné elles entonnèrent un cantique, leurs voix
pures et suaves ressemblaient à celles des anges; la bohémienne était transportée, elle

priait avec une ferveur ardente, les larmes
coulaient sur son visage en pensant à sa mère.
dont l'enfance s'était écoulée en ces mêmes
lieux et qui les avait regrettés tant de fois.

Au moment de l'élévation, mademoiselle de
Charly s'approcha d'elle et l'engagea à commencer le motet. Tout faisait silence autour d'elles,
on entendait seulement les paroles saintes, mur-
murées par le prêtre à l'autel. Les deux enfants se levèrent, leurs voix unies s'élevèrent
sans accompagnement et retentirent sous les
voûtes sonores.

Ce fut une mélodie délicieuse ; jamais ils n'a-
vaient chanté ainsi ; ils s'inspirèrent de ce qui
les entourait et trouvèrent des accents inconnus
à eux-mêmes. Ils avaient fini qu'on les écoutait
encore ; les derniers sons s'en allaient mourants
jusqu'au fond de ces solitudes où l'âme se re-
cueille si complétement. Un mouvement se fit

parmi les religieuses ; au-dessous d'elles une
sœur converse vint dire que Madame se trouvait
mal, tant elle avait été émotionnée par la musique. Mademoiselle de Charly et sa cousine coururent auprès de leur tante. Marcelle prit de
l'inquiétude sur l'effet qu'elle avait produit, et
elle attendit anxieusement le retour des nièces.

— Ah ! mon Dieu ! lui dirent-elles, qu'est-ce
donc que ce motet ? Madame en est toute boule-
versée ; elle nous a interrogées vivement sur les
chanteurs ; elle veut vous voir aussitôt après la
cérémonie. Elle a poussé un cri lorsque je lui
ai appris votre parenté avec Guillaume. Qu'est-
ce que cela signifie ?

— Je ne sais, mademoiselle, et...

La religieuse appela les jeunes filles à l'offer-
toire, il fallut en rester là.

Quelques instants après, la même converse
revint demander de la part de l'abbesse une se-

conde répétition du motet pendant la communion; il lui avait fait tant de plaisir qu'elle désirait l'entendre de nouveau.

— Quel succès! tant mieux! reprit la nièce, ma tante me satisfait, nous avons réussi et nous réussirons.

Dès que la messe fut terminée, elle prit Marcelle par la main et l'entraîna, en recommandant à Noël de les suivre. Elle régnait dans le couvent, c'était visible; chacun s'écartait à son aspect en lui faisant place; elle courait par les cloîtres et les corridors, comme une personne sûre de son fait et qui se place au-dessus de la critique.

Elles arrivèrent à l'appartement de l'abbesse, situé au rez-de-chaussée, de plain-pied avec le parterre et le terrain. De son fauteuil la princesse dominait la Loire et suivait de l'œil les bateaux.

— Ma tante, les voilà! s'écria Charly, voyez comme ils sont charmants!

L'abbesse était debout près de la porte, appuyée sur une table; elle était pâle encore de sa souffrance, et son visage portait l'empreinte d'une vive préoccupation. Sa haute taille, son visage beau encore, bien que flétri par l'âge, ses vêtements blancs, sa croix d'or, sa tournure imposante, révélaient et sa haute naissance et sa haute dignité. Marcelle s'arrêta saisie de respect.

Madame de Charly leva les yeux sur elle et sur son frère et les examina un instant sans rien dire.

— Vous êtes les filles d'Etiennette Lerat? balbutia-t-elle.

Marcelle mit un genou en terre et lui présenta la lettre.

— Pardon, madame, je ne puis vous cacher

la vérité, je m'appelle Marcelle, et voici mon frère Noël qui a mis une robe pour obéir à mademoiselle de Charly.

L'abbesse prit la lettre et lança à sa nièce un regard sévère; elle tremblait en brisant le sceau et hésita avant de commencer la lecture. Plusieurs fois elle s'essuya les yeux et finit par laisser couler ses larmes sur ses joues vénérables. Ensuite elle replia le papier lentement; il était facile de comprendre qu'elle réfléchissait. Marcelle s'était relevée et se tenait en une posture pleine de modestie et de grâce en même temps.

— Vous vous appelez Marcelle? demanda-t-elle.

— Oui, madame.

— Et votre frère... Noël?

— Oui, madame.

— Quel autre nom portez-vous?

— Aucun, madame.

— Aucun nom de famille?

— Non, madame.

— Venez ici, mon enfant.

Marcelle approcha. La princesse lui prit les
deux mains et la regarda longtemps; ce regard
se porta avec la même fixité sur Noël, qui
l'avait suivie; ensuite elle soupira longuement.

— Vous êtes les enfants d'Étiennette, dit-elle,
et vous serez les bienvenus dans cette maison,
où votre mère a été élevée comme si elle en eût
été la fille. Tâchez de ne pas déchirer comme
elle le sein qui vous aura nourris. Je lui ai par-
donné depuis longtemps, je suis heureuse de
vous le dire et de vous le prouver.

— Ah! madame, que de bontés! reprit Marcelle, en baisant la belle main blanche, ornée
de l'anneau pastoral.

— Vous, ou plutôt toi, ma fille, tu resteras
ici près de moi dans mon appartement, tu rem-
placeras ta mère. Ton éducation ne doit pas
être bien avancée; nos dames sont là pour t'ins-
truire, et je les y aiderai.

— Oh! ma tante, elle est fort savante, allez!
elle chante comme vous avez entendu, elle danse
à lever la paille, elle fait des révérences à rendre jalouse la mère Ursule quand elle passe devant le Saint-Sacrement; c'est une fée que cette
poupine-là.

L'abbesse écoutait avec complaisance et souriait.

Cela ne suffit pas, mesdemoiselles, que je sache, on est ici-bas pour autre chose que pour
danser, chanter et faire la révérence. Nous verrons cela. Quant à toi, Noël, on t'enverra ce soir
à mon chapelain; c'est près de lui que tu resteras et c'est lui qui se chargera de toi; je lui

parlerai en conséquence. Nous soignerons ton avenir.

— Mon Dieu! ma tante, que vous êtes bonne! s'écria mademoiselle de Charly en lui sautant au cou.

— Oh! oui, bien bonne, murmura Marcelle.

L'abbesse était certainement fort émue; il ne lui convenait pas d'en révéler la cause, apparemment, car elle ne s'expliqua pas. Elle regardait avec bonheur les deux enfants, elle paraissait étudier leurs traits, comme si elle voulait les graver dans sa mémoire ou se rappeler de chers souvenirs.

Quelques instants après la porte s'ouvrit avec fracas et la mère Ursule parut, suivie de ses acolytes; son premier regard se porta sur les étrangères et ses lèvres se pincèrent, comme lorsqu'elle arrivait la dernière à la distribution des friandises.

— Ah! madame, comme elles chantent bien! n'est-il pas vrai? commença-t-elle d'un air obséquieux. J'ai bien reconnu le motet, c'est celui que l'on chantait au chœur pendant mon noviciat, et qu'avait composé ce bel Italien, qui ressemblait à un chérubin du bon Dieu et qui était ici avec M. le duc.

— En effet, répliqua sèchement l'abbesse, ces enfants l'ont appris de leur mère, Étiennette, ma filleule; vous devez vous la rappeler, mère Ursule, elle vous a brodé bien des agnus et monté bien des fleurs artificielles pour la chapelle de votre cellule.

Ursule devint pourpre, elle leva les bras au ciel, et, se tournant vers ses compagnes :

— Puissances du ciel, mes sœurs! les enfants d'Étiennette Lerat, cet engin de perdition

et de scandale ! joignez-vous à moi pour supplier
Madame de bien réfléchir avant de se décider et
de ne pas amener l'enfer dans cette maison dont
la chute est inévitable si...

La princesse interrompit Ursule par un geste
souverain. Elle redressa sa grande taille, et re-
gardant les récalcitrantes bien en face :

— Assez, mes sœurs, je n'en souffrirai pas davantage, je suis lasse de vos airs de révolte et
de componction, et j'entends qu'ils cessent, rappelez-vous le. Je suis seule la maîtresse ici, je
ne relève que de Dieu, de Sa Sainteté et du roi
de France, je n'ai de compte à rendre qu'à eux,
la royale abbaye de Sainte-Césaire fait de son
abbesse une dame indépendante et libre ; grâce
au ciel, je fais ce que je veux, j'accueille qui il
me plaît et mes ordres s'exécutent sans appel.
Je n'ai point puni jusqu'à présent, mais qu'on

ne m'y force point, je connais mes droits et j'en
userai. Allez.

La mère Ursule, la mère Perpétue, la mère
Gillonne s'inclinèrent profondément, les bras
croisés sur la poitrine, et sortirent de l'appartement; lorsqu'elles eurent fait quelques pas, la
mère Perpétue les arrêta d'un geste et retourna
en arrière.

— Madame, dit-elle, avec tout le respect que
je vous dois, permettez-moi une observation.
Sainte-Césaire est une abbaye de filles nobles,
il faut des preuves sévères pour entrer ici, nous
ne sommes donc pas des premières venues et
nos familles ne nous laisseraient pas molester
impunément; si Votre Révérence est injuste en-
vers nous par affection pour des coureuses de
grand chemin, nous nous plaindrons à nos supérieurs, je vous en avertis.

L'abbesse écouta ces menaces sans faire un

mouvement, sans les interrompre ; lorsque Gillonne cessa de parler, elle leva sur elle son œil
bleu, limpide et brillant comme du cristal.

— Si les religieuses de chair de cette abbaye
font des preuves nobles, mère Gillonne, l'abbesse est princesse du Saint-Empire romain,
elle est mitrée, elle porte crosse, et elle a droit
de s'asseoir à la droite du primat des Gaules,
sur la même ligne que l'abbesse de Sainte-Croix
de Poitiers, ne l'oubliez pas, mesdames ; s'il y
a lutte entre nous, je jetterai mon anneau pastoral dans la balance et elle penchera de mon
côté ; sur cet anneau sont gravées les armes de
cette abbaye, trois fleurs de lys d'or sur un
fond de sinople, avec une croix en pal, et de
plus l'écusson des Charly, l'écusson de France,
mesdames, et le lambel des Dunois ne lui ôte
pas de sa valeur, que je sache. Adieu, je ne vous
retiens pas.

IV

LES BOUQUETS DE FÊTE

Les abbesses de cette époque n'avaient pas les allures des supérieures d'aujourd'hui, il ne faut pas l'oublier. Nous sommes dans un siècle de bourgeoisie, et l'aristocratie était toute-puissante alors. J'ai dû faire parler leur langue à mes personnages et non point la nôtre. Sous peine d'anachronisme, je ne pouvais faire autrement.

Les deux enfants d'Étiennette ne compre-

naient rien à la querelle que leur présence avait
fait naître ; Marcelle, plus fine que son frère,
on le sait, lui fit signe d'attendre et de ne pas
parler. L'abbesse revint à eux après quelques
instants.

— Il faut envoyer Noël au chapelain, dit-elle,
il faut qu'il change d'habits et qu'il s'accoutume
à l'étude ; je prétends qu'il devienne un savant
et qu'il remplace un jour le révérend père
Thierry en cette maison.

Marcelle fit la grimace, son frère ne lui paraissait pas muni d'une vocation bien ardente
pour le sacerdoce.

— Ma tante, s'écria mademoiselle de Charly,
c'est pour le coup que la mère Ursule sortira tous
les goupillons de l'abbaye, si vous remettez à
Noël ses habits de garçon. Elle ne retirera plus
son voile et nous défendra de sortir du cloître,
et ce sera d'un ennui mortel.

— Je ne puis cependant tolérer plus long-temps un tel déguisement dans cette maison, mademoiselle, et les scrupules de la mère Gillenne m'occupent peu. Noël chantera aux Vêpres avec la robe, ensuite il suivra le père Thierry, et, pour que ces dames n'aient rien à blâmer, il ne mettra pas le pied dans le couvent; l'abbatiale et mon jardin particulier lui sont ouverts, il y pourra voir sa sœur et prendre de l'exercice après ses travaux. Laissez-moi maintenant seule avec cette jeune fille, je veux l'interroger à loisir.

Tout le monde sortit, et Marcelle se demanda ce que lui voulait cette grande dame. Depuis son entrée dans cette abbaye, tout autour d'elle avait un air de mystère; elle ne comprenait ni l'émotion de l'abbesse, ni l'effet qu'avait produit ce motet, dont elle ne s'expliquait pas la puissance. La princesse s'assit dans son grand

fauteuil et lui fit signe de prendre un tabouret
à ses pieds. Ensuite, elle plaça sa main sur sa
tête et sépara ses cheveux que les mouvements
de sa course avaient un peu emmêlés.

— Mon enfant, lui dit-elle, ta mère ne t'a rien
ordonné de particulier pour moi !

— Rien, madame.

— Elle ne t'a jamais parlé... de ton père?

— Elle m'a dit qu'il était mort, madame, et
m'a appris à prier pour lui.

— C'est vrai, murmura l'abbesse, il est mort;
tu ne le connaîtras pas, tu es orpheline, Marcelle, tu n'as plus de guide et de protection en
ce monde que moi.

— Vous, madame !

— Ta mère ne t'a-t-elle pas envoyée vers moi?
Ne comptait-elle pas sur moi pour la remplacer?

— Elle m'a tant parlé de votre bonté!

— Écoute bien, enfant, et retiens ce que je vais te dire, afin que ce soit pour toi et pour ton frère une sauvegarde dans l'avenir. Un sang noble coule dans vos veines; vous n'avez pas le droit néanmoins d'en réclamer les priviléges, vous n'y devez jamais songer, entendez-vous?

Marcelle baissa la tête sans répondre.

— Vous ne saurez pas le nom de votre père, un voile impénétrable couvre votre naissance. J'en suis seule dépositaire et j'ai juré de ne pas le trahir.

La jeune fille baisa la main de la princesse.

— Comme il vous plaira, Madame. J'ai Dieu et j'ai vous.

— Restez donc ici, mes enfants, vous devez l'un et l'autre vous consacrer à l'autel, vous trouverez dans cette maison une vie douce et tranquille, exempte des soucis du monde et des embarras de l'existence. Vous le voulez bien ?

Marcelle sourit en elle-même de la proposition. Faire un moine et une nonnette de deux saltimbanques, de deux bohémiens accoutumés à une liberté illimitée et courant les grands chemins depuis qu'ils avaient connaissance d'eux-mêmes ! Elle se trouva très-embarrassée et recula devant une promesse qu'elle n'avait pas l'intention de tenir. D'un autre côté, quelque chose murmurait en elle contre le métier qu'elle exerçait : son frère et elle étaient nés pour un autre avenir ; elle sentait en elle et elle devinait en lui des instincts plus élevés, et pour parvenir, l'éducation était nécessaire. Qui la leur donnerait, si elle les faisait chasser de cette maison ?

Elle chercha un biais pour ne pas mentir et pour accorder toutes choses.

— Nous sommes bien jeunes, Madame, pour

prendre un parti décisif, avec le temps, l'étude, nous arriverons sans doute à comprendre ces béatitudes que nous ignorons ; notre existence passée ne nous y a pas préparés.

— Mais que faisiez-vous donc du vivant de votre mère ? Elle ne me le dit pas dans sa lettre.

— Madame, nous étions bien pauvres. J'ignore ce que vous savez ; j'ignore pourquoi ma mère a fui loin de son pays, loin de votre bienveillante protection. Mes premiers souvenirs me reportent dans une chaumière du pays basque ; nous y vivions misérablement ; ma pauvre mère, presque toujours malade, gagnait péniblement un morceau de pain pour nous trois. Nos voisins n'étaient pas plus riches que nous, cependant ils nous secouraient, et les jours où les forces faisaient défaut, on nous emmenait avec les enfants de notre âge ; on nous donnait

4.

les meilleures friandises, nous ne nous apercevions pas de notre misère.

— Pauvre Étiennette !

— Ce pays fourmille de gitanos qui viennent d'Espagne et vont exercer leur industrie dans les villes du Midi. Nous les voyions sans cesse, nous nous mêlions à leurs jeux, à leurs exercices ; ils nous apprirent à chanter, à danser ; nous devînmes bientôt passés maîtres, et une fois nous obtînmes la permission d'accompagner la meilleure troupe jusqu'à Bordeaux, puis à Toulouse ; notre succès fut complet : nous gagnâmes une bonne petite somme ronde et nous revînmes triomphants au village.

— Grand Dieu ! Étiennette a souffert...

— Ma mère, étendue sur son lit de douleur, sans ressource, ne pouvait subvenir à notre existence ; elle ne pouvait nous faire apprendre aucun métier, il n'y a dans ces montagnes que

des bergers et des Égyptiens; elle choisit, ou
plutôt elle nous laissa faire ce qui lui sembla le
plus adapté à nos caractères. Elle nous donna
des conseils et des leçons, autant que son état le
lui permit, et nous inculqua des principes solides d'honnêteté et de religion.

— Pourquoi ne pas m'écrire? Pourquoi ne
pas vous envoyer vers moi? Elle devait être sûre
que je ne vous repousserais pas, vous, petits
êtres innocents, et que si je ne pouvais lui ouvrir
mes bras, au moins je l'aurais mise à l'abri du
besoin, je l'aurais sauvée.

— Elle avait pour agir ainsi des raisons que
vous devez deviner mieux que moi sans doute,
Madame. Elle ne parlait de vous qu'avec un respect et une affection sans bornes, et elle nous
répétait sans cesse : quand je ne serai plus, vous
trouverez en elle une seconde mère.

— Elle doutait de moi, de mon indulgence pour elle !

— Lorsque nous eûmes un peu grandi et que la raison commença à nous venir, nous nous séparâmes des gitanos et nous allâmes courir le pays tous les deux. Notre âge intéressait, nous gagnions beaucoup d'argent, et nous revenions chaque hiver près de ma mère, dont les derniers jours furent bien moins malheureux, grâce à la bonté de ceux qui encourageaient nos efforts.

— Et vous avez gagné par ce vil métier sa vie et la vôtre, vous ! vous ! Ah ! que Dieu le lui pardonne, mais elle ne devait pas le souffrir, encore moins l'encourager.

— Ma mère était une sainte et digne femme, Madame ; elle ne voulut tendre la main à personne et nous a élevés de son mieux. Elle a fait de nous d'honnêtes gens, je le jure ; mon frère et moi, nous nous ferions hacher par morceaux

plutôt que de manquer aux principes que nous
avons reçus d'elle. Dans nos veillées, elle nous a
appris ce qu'elle savait elle-même ; elle a nourri
chez nous les sentiments que vous lui aviez in-
culqués, et si nous avons embrassé une carrière
dangereuse, elle nous a mis à la main un fil pour
nous conduire et nous arracher à ces périls
qu'elle redoutait pour nous.

L'abbesse leva les yeux au ciel et laissa retomber ses bras en signe de douleur.

— Il y a deux mois, continua Marcelle, elle
déclina tout à fait ; nous la vîmes dépérir si vite
que tout espoir nous fut promptement enlevé.
Ma bonne mère remplissait assidûment ses devoirs : elle eut une dernière conférence avec le
curé, et, lorsqu'il l'eut quittée, elle nous fit venir
auprès de son lit. Dans cet entretien suprême,
elle nous ordonna de nous rendre auprès de vous,
madame, avec les lettres que nous vous avons

remises, de nous soumettre à vos commande-
ments comme aux siens, et de vous regarder
désormais comme notre seule protectrice après
Dieu :

— « Ma mort vous rendra orphelins, ajouta-t-elle, mes fautes seront expiées, et j'espère
qu'on ne vous en rendra pas responsables. Je
n'ai pas osé me rappeler à elle tant que j'ai vécu ;
mais vous, à présent, vous reprenez vos droits
sur son cœur, et j'ai la certitude qu'elle ne les
déniera pas. »

Voilà, Madame, ce qu'elle nous a dit et pourquoi nous sommes venus à vous.

La princesse pleurait aux sanglots ; elle fut un
instant sans pouvoir répondre.

En ce moment même, mademoiselle de Charly
entr'ouvrit la porte et montra sa tête mutine.

— Pardon, ma tante, dit-elle, mais il y a vingt
personnes qui attendent avec des bouquets. Il y

a madame Radis, notre coiffeuse, qui se trouve mal d'émotion ; si vous ne la recevez pas tout de suite, elle n'ira jamais jusqu'au bout, il faudra l'emporter.

L'abbesse était à cent lieues de la gaieté, mais sa nièce chérie avait sur elle un tel empire qu'elle ne songea pas même à un refus. Marcelle se sentit soulagée : elle espéra échapper ainsi à une décision positive et se promit bien de l'écarter par tous les moyens.

— Qu'on entre donc, puisqu'il le faut, reprit la princesse, mais j'ai là un singulier jour de fête.

Mademoiselle de Charly fit signe aux porteuses de bouquets.

La première était une grosse femme de trente ans, dont la toilette étrange faillit faire éclater la bohémienne elle-même, tout accoutumée qu'elle fût aux oripeaux.

Elle avait une jupe d'indienne à larges raies rouges et vertes, bordée d'un ruban noir; par-dessus cette jupe s'en relevait une autre en soie jaune foncé. Son corset à basques découpées, comme celles des bergers de Florian, était en velours vert, et son tablier de mousseline, garni d'une dentelle noire, se rattachait avec un ruban rose.

Sa coiffure, très-haute, poudrée à frimas, offrait un spécimen de son industrie; on eût dit une neige. Le bonnet qui la surmontait menaçait le ciel, tandis que deux rubans tombaient sur sa poitrine et venaient se rattacher au milieu en *parfait contentement*.

Elle tenait à la main un bouquet énorme, noué avec un velours, et fit tout d'abord une révérence digne de son costume. Mademoiselle de Charly se tenait derrière elle et riait à gorge déployée.

— Plus bas, Radis, disait-elle ; plus bas la

révérence, je vous ai appris à saluer mieux que
cela. Vous vous évanouirez ensuite, si vous en
éprouvez le besoin, faites-moi honneur d'a-
bord.

La grosse femme était pourpre et soufflait à
rompre ses lacets, très-serrés assurément. Elle
obéit néanmoins.

— Très-bien. Le compliment à présent, Madame tient beaucoup à l'entendre.

La coiffeuse roulait ses yeux en faisant des
efforts de mémoire incroyables, la présence de
l'abbesse lui imposait sans doute, car elle ne
pouvait pas trouver une syllabe; la maligne fille
la souffla, elle rappelait Petitjean en son fameux
discours.

— Madame.

— Madame, répéta l'autre.

— Nous sommes vos enfants...

— Nous sommes vos enfants et vous êtes

5

notre mère, ajouta-t-elle très-vite, dans la
crainte d'être interrompue. Vous étendez vos
ailes sur vos poussins tremblants, vous nous ga-
rantissez des piéges du démon et des séductions
du siècle.

— Ce n'est pas cela, murmura la jeune fille.
Vous composez. C'est égal ! allez toujours.

— Madame, ainsi que notre saint fondateur,
vous portez la crosse et la mitre, mais vous ne
vous servez pas de la première pour nous frapper, et les anges soutiennent la seconde sur
votre tête vénérable, parce que... parce que...

— Dites donc pourquoi ?

— Parce que... parce que... parce que vous
n'avez pas de cheveux et que je ne puis vous
faire, sous votre voile, un crêpé qui serait ma
gloire. Quel dommage que la règle vous l'inter-
dise, et que vous seriez belle ainsi !

L'abbesse elle-même fut sur le point de perdre

son sérieux; quant aux jeunes filles, elles riaient
de tout leur cœur. Madame Radis, enchantée de
son succès, s'apprêtait à continuer la harangue,
madame de Charly y mit un terme en s'empa-
rant du bouquet qu'elle loua beaucoup, et en re-
merciant les servantes de l'abbaye, au nom des-
quelles madame Radis avait parlé. Quant à
celle-ci, elle se pâmait d'aise et pleurait de joie.

— Quel beau jour! quel beau jour! Et de voir
encore Madame si bien portante, à son âge! c'est
une grâce de Dieu. Voilà donc les chérubins qui
ont si bien chanté. La princesse et moi nous nous
sommes trouvés mal, je me suis crue au ciel, au
milieu des chœurs célestes. Cette petite-là, ajouta-t-elle en montrant Noël, est jolie comme un
diable; pourtant, elle vous a des yeux qui ne
sentent pas le paradis et qui m'ont bien plutôt
l'air de faire damner les hommes ici-bas.

— Madame Radis, on ne dit pas de ces choses-

là ici, répliqua mademoiselle de Charly, riant
toujours; ma tante ne vous entend pas, heureusement, sans quoi vous auriez gagné une réprimande. Est-ce qu'on a des yeux au couvent,
si ce n'est pour lire son office et puis pour les
baisser.

— Ah! mademoiselle, on les lève bien quelquefois!

Madame Radis les levait souvent, quand la
princesse recevait quelques visites des gentilshommes des environs ou des officiers en garni-
son à Saumur; elle s'arrangeait toujours pour se
trouver sur leur chemin et leur faisait les plus
belles révérences. Elle désirait se remarier : le
veuvage lui pesait beaucoup, et bien qu'employée
dans une maison immaculée, ses pensées étaient
fort mondaines.

Elle racontait aux jeunes filles une foule d'his-

toires assez risquées; elle passait des heures en-
tières à chercher avec elles une nouvelle coiffure
et à monter des poufs et des bonnets. Quand la
mère Ursule et ses acolytes la rencontraient dans
les cloîtres, elles faisaient des signes de croix et
tiraient leurs chapelets. C'était un de leurs grands
griefs contre Madame que l'admission de cette
coiffeuse.

Cependant, malgré les apparences, madame
Radis était une honnête femme. Elle aimait à
rire, elle avait des prétentions, elle rêvait l'amour,
mais un amour honnête, un bon et légitime mariage. On prétendait même qu'elle ne dédaignait
pas M. Lerat et ses écus, en dépit de sa position
subalterne. Lui ne paraissait pas trop éloigné de
se laisser séduire, d'abord son amour-propre
était flatté, et puis la coiffeuse passait pour avoir
certaines économies que Guillaume ajouterait
aux siennes et qui, avec les douceurs de leurs

placés à tous les deux, pourraient former avec le temps un magot assez bien fourni.

Tout ceci était à l'état de projets. Mademoiselle de Charly et mademoiselle de Villevielle s'en amusaient et ne laissaient pas un instant de répit à la prétendue. Elles plaisantaient avec elle, et se réjouissaient d'avance des noces imaginaires que l'avarice de Guillaume devait rendre plus difficiles encore.

Soit instinct, soit sympathie, madame Radis prodiguait à Noël les avances les plus significatives. Elle l'assurait du plaisir qu'elle aurait à le voir souvent ; elle lui promettait mille agréments dans des promenades en bateau, des parties de campagne, des déjeuners sur l'herbe que les subalternes de l'abbaye se permettaient quelquefois. Rien de moins sévère que cette existence cloîtrée, même pour les religieuses. Elles voyaient du monde au parloir toutes les après-dîner, et la princesse avait une religion trop éclairée pour défendre à ses femmes les joies innocentes de leurs réunions.

L'appartement de Madame se remplissait de plus en plus; chacun apportait des vœux, des bouquets, de petits présents même. Elle accueillait tout avec cette bienveillance gracieuse qui la faisait chérir de ceux qui l'entouraient.

La sœur tourière fendit la foule avec peine, et vint annoncer à madame de Charly, que madame la marquise de Saintré et M. son fils demandaient à lui présenter leurs devoirs.

— Priez-les d'entrer dans mon parloir, et vous, mes enfants, ajouta-t-elle, retournez à vos jeux jusqu'à l'heure des vêpres, mademoiselle de Charly et mademoiselle de Villevielle m'accompagneront.

— Et Marcelle aussi, ma tante, je vous en supplie.

— Marcelle, soit. Mais Marcelle seule, entendez-vous, mesdemoiselles? Vous, restez ici
jusqu'à mon retour, ordonna-t-elle à Noël, que
madame Radis avait peine à quitter.

V

A VENDÁNGE

Le parloir où l'abbesse recevait les étrangers
était situé à l'angle de la terrasse; il n'avait pas
de grilles. On y entrait directement par la cour.
Le mobilier en était simple et sévère. Le fauteuil
abbatial et un grand christ d'ivoire, admirablement travaillé, en formaient les principaux or-
nements; des images de sainteté couvraient les
murailles, et les portraits des six dernières abbesses témoignaient plutôt la grandeur de leur

4

race par les écussons qui les ornaient que par la séduction de leur beauté.

Lorsque la princesse entra, madame de Saintré était déjà introduite. Elle et le marquis, son fils, demandent une description particulière, étant destinés à jouer un rôle important dans cette véridique histoire.

La marquise était une grande femme sèche, imposante, au regard profond, au nez en bec d'aigle, aux lèvres pincées; elle portait un deuil de veuve très-sévère, bien que feu M. de Saintré fût mort depuis plus de dix ans. Elle avait pour principe qu'une femme ne peut aimer qu'une fois, et que si Dieu lui enlève l'objet de cet amour, le reste de sa vie doit être voué à la douleur et à la retraite. Aussi ne sortait-elle de son château que pour des affaires urgentes et quand les intérêts de son fils l'ordonnaient.

Ce fils, son idole, méritait, sous tous les rap-

ports, l'enthousiasme qu'il lui inspirait. Il avait
vingt-deux ans, il était d'une taille moyenne,
mais si bien prise et si majestueuse, qu'il semblait avoir six pieds.

Son visage, d'un ovale parfait, était en même
temps régulier et plein de physionomie. Ses
grands yeux, d'un bleu de saphir, étincelaient
sous des paupières et des sourcils d'un noir de
jais; sa bouche vermeille était merveilleusement
dessinée en arc, et ses dents ressemblaient, suivant l'expression de madame Radis, à un collier
de perles dans une grenade.

Il portait l'uniforme de colonel de dragons; ce
régiment, héréditaire dans sa famille, lui avait été
donné tout enfant après la mort de son père. Il
avait déjà chargé à la tête de ses soldats; sa bra-
voure, son mérite, imposaient silence aux jalousies comme aux critiques.

Il salua madame de Charly et lui présenta un magnifique bouquet en l'accompagnant du madrigal le mieux tourné, suivant les usages du temps. La marquise y joignit quelques phrases de politesse, qui semblaient apprises par cœur, puis on s'assit en cercle et la conversation commença.

Marcelle avait un tact naturel qui lui fit prendre tout de suite sa place à l'écart; elle écouta sans se mêler à l'entretien et fit son profit de tout. Après quelques instants elle eut à peu près levé la carte du pays; elle devina le caractère de la marquise, ses vues et ses projets. Elle désirait marier son fils avec mademoiselle de Charly; ses prévenances n'avaient pas d'autre but. Le jeune homme, complice indifférent, peut-être, obéissait à sa mère sans répugnance comme sans plaisir. L'alliance était belle, riche, honorable; la jeune personne était jolie, spirituelle,

bien élevée, l'âge parfaitement assorti, que dési-
rer de plus?

L'amour n'entrait pour rien dans tous ces
arrangements-là, et il n'y était pas nécessaire.
Le marquis avait déjà obtenu bien des succès à
la cour et à la ville; malgré sa jeunesse il n'é-
tait pas novice et il savait déjà très-bien qu'on
se marie pour sa fortune, non pour son plaisir.

L'abbesse était une de ces excellentes et droites
natures qui ne comprennent pas le mal, qui ne
devinent ni les intrigues ni les tromperies, parce
qu'elles en sont incapables. Elle aimait tendre-
ment ses nièces, le marquis lui semblait charmant; toutefois la pensée de les unir ne lui serait
pas venue. Elle les regardait comme des enfants
et se reposait sur leurs familles du soin de leur
chercher un mari. Elle ne songeait qu'à former
leurs cœurs, leur esprit, à leur donner des principes solides, à leur inspirer de bons sentiments,

à préparer leur bonheur enfin, c'était là le but
de toute sa vie. Elle s'oubliait complétement pour
ne songer qu'aux autres.

Élevée à Saint-Césaire, dont sa tante était
abbesse avant elle, la princesse n'avait jamais
conçu pour elle-même une idée en dehors de ses
murailles. Son existence s'était écoulée sans passions et sans désirs comme sans regrets. Elle
avait sacrifié volontairement sa fortune pour marier sa sœur au comte de Villevielle que celle-ci
aimait ; elle s'était renfermée dans la stricte
observance de ses devoirs ; elle était, pour tout
dire en un mot, du nombre de ces femmes rares
et privilégiées qui n'aiment que ce qu'elles doi-
vent aimer.

Mademoiselle de Charly était l'élue des vœux
de la marquise ; elle lui fit donc la cour pour son
fils avec une obséquiosité révoltante. Pendant ce
temps, M. de Saintré n'avait de regards que pour

Marcelle : il semblait frappé de cette physionomie remarquable et de cette beauté s'annonçant
si magnifique pour l'avenir.

— Mademoiselle est votre parente? demanda-
t-il à l'abbesse, pendant que sa mère occupait
mademoiselle de Charly, je trouve une grande
ressemblance entre elle et vous?

La princesse rougit involontairement.

— Ma parente! reprit-elle avec vivacité, non.
C'est une orpheline qui m'est confiée ; j'ai élevé
la mère, et en mourant, elle l'a remise à mes
soins. Si vous restez aux vêpres à l'abbaye, vous
l'entendrez chanter, c'est une merveille.

— Nous y entrerons certainement, madame;
les merveilles sont rares.

— Non, pas ici, interrompit la marquise, la
princesse en est entourée, le Seigneur les lui
prodigue toutes.

Ce compliment maladroit attira un sourire sur

les lèvres de la bohémienne, le colonel le vit et
en comprit le motif; il eût volontiers imposé
silence à sa mère, s'il l'eût osé toutefois, car, en
ce temps, le respect pour les parents était la première des obligations.

La cloche appela bientôt les fidèles à l'église,
et tout céda devant le devoir; on se sépara en se
promettant de se revoir. Madame de Charly
invita la marquise et son fils à une collation sur la
terrasse après le salut. Il est inutile d'ajouter qu'ils
acceptèrent.

En se rendant à la tribune, mademoiselle de
Charly dit à Marcelle :

— Comment trouvez-vous ce jeune colonel,
petite ?

— Je ne l'ai pas regardé, mademoiselle.

Comme elle mentait déjà.

— Vraiment, tu n'es guère curieuse alors.

Quand il vient ici toutes ces demoiselles le regardent.

— Et il ne regarde que vous, sans doute.

— Comment le sais-tu?

— Je le suppose.

— Qui te le fait supposer?

— Est-ce que je ne suis pas un peu sorcière?

— Toi!

— Mais, sans doute, je vous dirai votre bonne
aventure, si vous voulez.

— Je le crois bien que je le veux? Comment?

— Votre main bien ouverte.

— La voici.

Marcelle l'arrêta devant une des grandes
fenêtres du cloître, prit la main de la jeune fille
et l'examina attentivement.

— Eh bien? reprit celle-ci impatiente.

— Eh bien! mademoiselle, il sera fort question de vous marier avec ce beau monsieur.

— Vraiment ?

— Oui, mais vous ne l'épouserez pas.

Mademoiselle de Villevielle fit un pas en avant.

Marcelle examinait toujours la main et devenait rêveuse.

— C'est étrange ! murmura-t-elle.

— Mais parlez donc ! si je n'épouse pas celui-
là, j'en épouserai un autre, je ne resterai pas au
couvent, je suppose ?

— Peut-être. . . .

Charly éclata de rire.

— Moi, nonne ? Et où prendrai-je la vocation ?

— Elle vous viendra et vous la payerez cher;
cependant il reste encore un espoir, il se peut
que vous soyez heureuse, votre sort se jouera
sur un coup de dé.

— Gagnerai-je ?

Marcelle laissa tomber la main en répétant :

— C'est étrange.

— Et moi, reprit mademoiselle de Villevielle, en tendant la main à son tour.

Marcelle la prit et la regarda ; ses yeux s'ouvrirent démesurément, elle poussa une exclamation étouffée.

— Cela n'est pas possible.

— Quoi ! qu'est-ce donc ? dites vite.

— Je ne vois pas, je ne comprends pas. Excusez-moi, mademoiselle, poursuivit-elle très-froidement, votre main est au-dessus de ma science.

Mademoiselle de Villevielle fronça le sourcil, ses traits prirent une expression de hauteur et de colère impossible à rendre. Elle ne fit plus une question ; mais sa cousine ne put en rester là, elle continua sur le même sujet, jusqu'à ce qu'elles fussent entrées dans la chapelle et qu'elles eussent monté l'escalier de l'orgue.

Il n'y eut pas moyen de causer pendant l'office, la mère Augustine ne l'aurait pas permis. Marcelle fut distraite et préoccupée, excepté le moment où elle chanta le cantique avec son frère, le souvenir de sa mère l'emporta sur tout le reste et elle fut touchante à tirer des larmes des yeux. D'ailleurs elle se savait écoutée, l'auditoire était nombreux, elle apercevait le bel uniforme du colonel et la majestueuse parure de la marquise au milieu du chœur, où bien d'autres voisins s'étaient réunis aussi.

Leur succès fut complet; un religieux silence succéda à ces chants célestes, chacun priait avec recueillement comme si la voix des anges eût célébré la gloire de Dieu.

La collation de l'abbesse fut très-belle; aucune religieuse n'y assista; les convives étaient tous des personnes du dehors, plus le chapelain et quelques pensionnaires. Noël et Marcelle fu-

rent invités à rester. Soit oubli, soit fait exprès,
la princesse ne révéla pas le déguisement du
jeune garçon et nul ne s'en aperçut. Il sut à propos baisser ses longues paupières et prendre des
airs confits, dont l'assistance fut très-édifiée.

Cependant Charly s'était promis un grand
plaisir en voyant danser les bohêmes : elle n'y
renonçait pas de bonne volonté et cherchait dans
sa cervelle le moyen d'arriver à son but. Déjà
elle avait prié maintes fois Marcelle de l'aider
à sortir de son embarras ; celle-ci se déclarait
impuissante. On ne pouvait exécuter un fandango
avec de longues robes, et le costume de Noël le
trahissait.

— Prête-lui une de tes jupes, Marcelle, dit
l'entêtée jeune fille.

— Mademoiselle, je ne demande pas mieux,
mais je n'en ai qu'une.

C'était là un empêchement dirimant.

D'ailleurs l'abbesse avait parlé bas cinq minutes au père Thierry ; c'était sans doute pour
lui recommander son nouveau clerc ; le secret
était éventé de ce *côté*-là, il ne tarderait pas à
l'être tout à fait ; cette occasion était la seule où
le frère et la sœur pourraient montrer leurs talents chorégraphiques, Gresset l'a dit :

« Désir de fille est un feu qui dévore,
» Désir de nonne est cent fois pis encore. »

Or, mademoiselle de Charly était non-seulement
fille mais un peu nonne, et elle prouva bientôt
qu'elle prenait la ténacité de ses deux états.

Le parti le plus simple et le plus sûr était de
tout risquer. Elle appela donc les enfants dans le
jardin et leur ordonna d'aller s'habiller comme
ils l'étaient le matin.

— Mais, mademoiselle, répliqua Marcelle, et
Noël ?

— Noël a un pourpoint long, cela ressemble

presque à une jupe; il attachera son écharpe
de côté, ils n'en soupçonneront rien. Il est si
grand avec cette robe et ils l'ont pris cependant pour une fille. Ils s'y tromperont, vous
dis-je.

— Et madame ?

— Elle sera charmée, je l'embrasserai bien
fort. Cueillez deux gros bouquets dans le parterre, Guillaume ne le verra pas, vous les pré-
senterez en dansant, tout passera sur le compte
de la fête, et au moins j'aurai vu cette danse, que
je brûle de connaître. Allez, allez, je prends tout
sur moi.

Ils n'avaient plus qu'à obéir; ils disparurent.
La jolie nièce s'était grisée de sa volonté ; elle
rentra au parloir et dit tout haut à sa tante qu'il
fallait passer dans son salon et se placer en
cercle pour laisser le milieu vide ; elle avait un
nouveau divertissement à lui offrir, elle espérait

que la princesse en serait contente et ses hôtes
également.

L'abbesse était à cent lieues de la vérité ; elle
céda volontiers à la prière que lui adressait sa
nièce et la laissa libre de disposer les choses suivant son désir. Après un quart d'heure à peine,
tout était prêt et les danseurs firent leur entrée
d'une façon leste et bruyante.

Le premier mouvement de tous fut la surprise ; jamais saltimbanques n'avaient foulé ce
parquet de marqueterie ; la princesse eut une
sorte d'étourdissement, elle fut au moment de
donner l'ordre de cesser; mais ils étaient si jolis,
ils semblaient si joyeux ! ils avaient tant de
grâce en lui présentant des fleurs, elle n'en eut
pas le courage. Ses regards les suivaient dans
leurs mille tournoiements. Les nuances voyantes
de leurs habits chatoyaient aux derniers rayons
du soleil. Le bruit de leurs castagnettes et le

chant guttural dont ils accompagnaient leurs pas donnaient à ce ballet improvisé une couleur étrange et tout à fait inconnue.

M. de Saintré en fut ébloui, il se garda de laisser deviner l'effet qu'ils produisaient sur lui; sa mère s'était voilé le visage avec son éventail : elle n'osait affecter une pruderie décidée; le visage de l'abbesse exprimait bien un peu le mécontentement, mais aussi un vif plaisir, qu'elle ne combattait point.

La danse finie, ils s'échappèrent aussi vivement qu'ils étaient venus. Charly, dont la fantaisie était satisfaite, commença à se troubler, mais elle affronta l'orage, s'en alla embrasser sa tante ainsi qu'elle l'avait annoncé, et lui demanda timidement si elle était contente.

— Oui et non, répondit la princesse, cette danse est charmante, mais elle n'est pas à sa place ici et, de plus, je veux absolument

6

que mes protégés oublient leur passé. Je n'entends pas que cela recommence et je vous défends de les provoquer davantage. Nous en reparlerons, faites-leur porter l'ordre de ne plus reparaître à l'abbatiale aujourd'hui, tant que je ne serai pas seule, je leur parlerai avant la prière du soir.

Ces mots furent prononcés à voix basse, la marquise crut cependant deviner une morale et se composa un maintien en conséquence. Mademoiselle de Charly s'échappa à son tour, et remplit la commission de sa tante.

Quant à mademoiselle de Villevielle elle n'avait pas parlé de la soirée : les mignardises de sa cousine n'avaient pu lui arracher un sourire, une préoccupation triste s'était emparée d'elle depuis l'horoscope de Marcelle. Ses regards erraient dans le vague, ils se portaient quelquefois, à la dérobée, sur M. de Saintré, et se baissaient aussitôt qu'ils pouvaient rencontrer les siens.

La danse si gracieuse des deux jeunes gens attira à peine son attention ; elle ne répondit rien aux observations bienveillantes que ce divertissement provoqua autour d'elle, mais elle se mêla aux propos aigres-doux de la marquise, elle se montra plus scandalisée qu'elle encore.

— En vérité, dit-elle, je ne puis comprendre ma cousine d'avoir provoqué une pareille scène ; ma tante est trop bonne et, si j'étais à sa place...

— Mademoiselle de Charly est si charmante qu'on ne peut lui en vouloir, mademoiselle. Je comprends l'indulgence de la princesse, elle vous gâte toutes les deux...

— On ne me gâte pas, moi, madame, interrompit-elle vivement.

La soirée se termina assez tard, les pensionnaires avaient obtenu la *permission de dix heures*, et tout dormait déjà à l'abbaye lorsqu'elles rentrèrent dans leurs chambres.

Marcelle ne dormait pas dans le petit réduit où on l'avait placée. Son frère et elle avaient d'abord longuement discouru sur leur position, sur l'avenir qui leur était réservé. Noël attestait qu'il ne serait pas moine, qu'il n'accepterait à aucun prix la tonsure, dût-il devenir évêque. Il se sauverait plutôt.

Sa sœur n'avait pas plus de vocation que lui, mais elle était plus calme, plus réfléchie.

— Attendons, disait-elle, on ne nous cloîtrera pas malgré nous apparemment, et d'ici là nous verrons venir.

Restée seule, Marcelle repassa dans son esprit les événements de la journée. Bien qu'elle ne crût pas aveuglement à sa science, ce qu'elle avait vu dans les mains des deux cousines l'agitait vivement, en se rappelant surtout ce qui lui avait été prédit à elle-même. La coïncidence était étrange au moins.

VI

CONVERSATIONS DE COUVENT

Le lendemain, après la messe, les élèves étaient réunies dans leur parterre, grigno-tant de bon [appétit leur premier déjeuner en courant par les allées. Les plus petites jouaient, les grandes se promenaient ou causaient; l'é-vénement de la veille occupait tous ces jeunes cerveaux.

— On a dansé hier je ne sais qnoi chez Ma-dame, disait l'une.

— C'était bien joli, reprenait l'autre.

— C'est Charly qui a arrangé cela ; elle fait ce qu'elle veut ici.

— Ce sont les chanteuses qui ont dansé ?

— Oui, et le plus beau, c'est que l'une des deux est un garçon.

— Ce n'est pas possible.

— C'est la vérité.

— Il était habillé en garçon, avec un pourpoint ; il a déjà de la barbe.

— Ah ! pour ça non, je l'ai vu de tout près à la tribune ; il n'a pas tant de moustaches que la mère Gillonne.

Un éclat de rire accueillit cette saillie.

— Mesdemoiselles, s'écria la plus espiègle, il faut attendre ici de pied ferme la mère Ursule et lui apprendre cette belle histoire-là. Si nous avions le bonheur qu'elle l'ignorât !

— Ah! bien oui, on n'a pas parlé d'autre chose après matines, j'en suis sûre.

— C'est égal, elle va venir pour son inspection; il lui restera bien assez de mauvaise humeur et de furie pour que nous puissions en avoir un petit morceau.

— Ah! voilà Villevielle; elle doit savoir des détails, demandez-lui.

Elle l'appela; la jeune fille, qui paraissait pressée, s'arrêta néanmoins.

— Est-il vrai, Villevielle, qu'on ait dansé hier chez Madame une sorte de chanson que l'on ne connaît pas, et que votre cousine ait fait venir un garçon?

— Je ne sais pas, répondit-elle en reprenant son chemin; c'est bien possible.

— Villevielle est jalouse, mesdemoiselles, elle est jalouse? Charly est plus aimée qu'elle de Madame, on fait plus la cour à Charly qu'à

elle; elle est presque aussi grognon que la mère
Perpétue.

— La mère Ursule! la mère Ursule!

Le cri poussé par les petites, dont la phalange
se repliait par instinct vers la protection de leurs
compagnes, signifiait :

— Voilà l'ennemi!

— Laissez-moi lui parler, dit bien vite la spirituelle enfant qui menait la bande et qui était
la fille d'un officier aux gardes-françaises, je sais
le moyen de lui faire éclore ses rages en pleine
floraison.

La religieuse s'avançait, son voile relevé, ses
mains dans ses manches. Jamais personnifica-
tion de la colère sourde et méchante ne fut plus
complète; elle jetait de côté et d'autre des regards furtifs, distribuait des rebuffades à tout ce
qui tombait sous sa dent, et ne faisait pas grâce
d'une légère omission.

— Qu'est-ce ceci, mesdemoiselles ? pourquoi toutes réunies ainsi dans cette allée? Vous marchez sur les œillets des bordures, vous cassez les fleurs. Le parterre est assez grand pour vous contenir toutes; dispersez-vous.

Les petites se hâtèrent d'obéir et s'envolèrent comme une bande d'alouettes. Les grandes persistèrent.

— Madame, dit l'orateur, c'est que nous causions de la grande nouvelle.

— Il y a donc une nouvelle? Laquelle?

— Mais, ma mère, la danse d'hier au soir... chez Madame...

— Eh bien ! que vous importe ! Madame est la maîtresse chez elle, apparemment.

La maligne fille prit un air de scrupule offensé.

— Ah ! madame, et ce garçon?

— Comment! comment! un garçon ici?

— Ne le savez-vous pas, ma mère? alors ce n'est qu'un infâme mensonge. Il avait pourtant un pourpoint et des hauts-de-chausses, comme le portrait de mon grand-père.

La sainte femme devint bleue.

— Qui vous a parlé de cela? Est-ce que vous devez vous occuper de cela? Est-ce que vous connaissez les pourpoints et les hauts-de-chausses? Mesdemoiselles, vous mangerez huit jours du pain sec à votre déjeuner pour avoir eu des pensées inconvenantes et vous être permises de m'en entretenir. Rentrez et promptement, mettez-vous à l'ouvrage, qu'on n'entende plus un mot, autrement vous aurez affaire à moi, et vous savez que je ne plaisante pas, vous aurez autre chose que du pain sec.

Et elle passa majestueusement, grommelant quelques paroles, levant les yeux au ciel et

tournant dans ses doigts les grains de son cha-
pelet.

— Voilà ce que nous y avons gagné, le pain
sec, murmura une des petites filles.

— Vous oubliez donc notre réserve, répondit
l'autre; est-ce que nous ne savons pas où prendre
des confitures? Soyez tranquilles, la mère Ursule ne m'attrapera pas.

— Mesdemoiselles, cria une voix glapissante,
madame Radis va au cabinet à poudre; celles
qui voudront se faire accommoder n'ont qu'à
prendre leurs numéros.

Toutes y coururent; après la mère Ursule,
avant elle peut-être, madame Radis était la personne qu'elles désiraient le plus de voir. Elles
avaient grande foi en son expérience; elles sa-
vaient qu'elle parlait facilement, et elles espé-
raient apprendre d'elle ce qu'on leur cachait.

Pendant ce temps Charly était déjà entre les

mains de la coiffeuse, on s'amusait de sa curiosité sans consentir à la satisfaire.

— Comment ! le bruit courait à l'abbaye que
cette grande fille si alerte, et dont le visage lui
revenait tant, était un garçon ! était-il Dieu possible ! et Madame l'avait reçu, ou bien l'on avait
trompé Madame.

— C'est-à-dire, Radis, que cette grande fille
a dansé chez ma tante avec une robe courte faite
en pourpoint. Ne fallait-il pas marquer le cava-
lier ? où est le mal ?

— Ah ! c'est bien différent.

— D'ailleurs ne vous en tourmentez pas,
n'ayez aucun scrupule, elle va partir, on ne la
verra plus.

— Ah ! on ne la verra plus ! reprit la bonne
Radis en étouffant un demi-soupir. Et l'autre ?

— L'autre reste ici avec moi, ma tante la fait
élever.

7

— Elle est bien jolie, mademoiselle, continua la coiffeuse d'un ton sententieux, plus jolie qu'aucune d'entre vous, parlant par respect.

— C'est vrai, mais qu'est-ce que cela fait?

— Ce que cela fait, mademoiselle? apprenez-le et retenez-le bien : il ne faut jamais introduire dans sa maison une femme plus jolie que soi, fût-ce en qualité de laveuse de vaisselle. Les hommes et le diable savent la découvrir.

Charly se mit à rire de tout son cœur.

— Ah! ah! ah! la petite chanteuse des rues devenant dangereuse pour nous ou pour ceux qui nous approchent! Le diable est bien méchant, j'en conviens, cependant que peut-il à cela?

— Il peut vous enlever un bon mari, mademoiselle, soit avant, soit après. Mon Dieu! que la jeunesse est donc confiante et folle! Ne me croirez-vous pas, moi qui ai vécu dans le monde et qui connais si bien les allures des gens? Allez! allez! on se repentira plus d'une fois d'avoir mêlé cette coureuse à de nobles demoiselles, c'est moi qui vous le dis.

La jeune fille n'écoutait plus : une autre idée l'avait déjà distraite; elle pressa sa toilette et s'en alla chez sa tante, afin de se trouver avec elle à l'heure de son déjeuner. Elle trouva la princesse en conversation sérieuse avec M. Lerat et ses neveux. Marcelle portait le vêtement blanc des pensionnaires; Noël était vêtu d'une longue robe noire, semblable à celle des novices des couvents d'hommes. La contenance du jardinier etait embarrassée, il tournait son chapeau dans ses doigts.

— Si Madame ne me demande rien pour eux, c'est tout à fait différent alors; car je suis un pauvre homme et j'ai grand'peine à joindre les deux bouts. C'est bien de l'honneur que vous leur faites, j'espère qu'ils ne seront pas ingrats comme leur mère.

— Je ne vous demande que votre consentement, Guillaume, puisque vous êtes leur tuteur naturel. Étiennette restera près de moi, elle recevra une éducation convenable pour une sœur de Sainte-Césaire ; je me charge de son avenir. Noël peut devenir une des lumières de l'Église, sous la direction du père Thierry et des pères bénédictins de Saumur, dont il prendra les savantes leçons. Mais qu'il ne soit plus question de danses, que ces habits tentateurs soient brûlés, que le passé se plonge dans un éternel oubli.

Guillaume leva les yeux au ciel, comme pour le prendre à témoin de son adhésion.

— Je puis tout pour les soumis et fidèles ser-

viteurs de Dieu liés à moi si intimement par les
souvenirs ; je ne veux rien accorder à des cou-
reurs d'aventures, à des bohèmes, qu'on ne l'oublie pas, ma raison et mon état me le défendent.
Et vous, mademoiselle de Charly, ne recommencez pas l'inconvenance d'hier au soir, ou bien je
vous envoie sur-le-champ à l'abbaye de Noir-
mont, chez votre tante Céleste. Vous savez ce
que cela veut dire.

La tante Céleste était l'épouvantail de ses
nièces par son rigorisme et sa bigoterie.

— Ah ! madame, vous ne ferez pas cela ! s'é-
cria la pauvre enfant.

— Je le ferai si on m'y force, ne l'oubliez pas.
Maintenant, vous connaissez toutes mes volontés,
vous ne manquerez pas de vous y soumettre. Je
ne désire que votre bien et le maintien de la
dignité de cette abbaye, dont Dieu m'a confié
l'administration.

Guillaume salua et sortit.

— Marcelle, tu coucheras dans le cabinet qui touche à mon oratoire. Noël, tu vas retourner à l'appartement du père Thierry; tu ne paraîtras *jamais* dans les bâtiments de l'abbaye, si ce n'est à l'abbatiale; tu n'entreras pas dans les jardins des élèves ni dans ceux des religieuses et des novices; le mien et le reste du parc te sont ouverts. Sois sage, sois pieux, sois studieux et bon, tu peux compter sur moi. Va, mon enfant.

Noël s'inclina profondément et se dirigea vers le lieu qu'il devait habiter. Son œil, en se relevant sur sa sœur, exprimait une angoisse indicible et un sentiment de révolte contenu. Marcelle lui fit un signe d'encouragement et le suivit du regard tant qu'elle put l'apercevoir.

L'abbesse secoua la tête :

— Nous aurons bien de la peine à faire de ce garçon un bon disciple de saint Benoît, et cependant il ne peut être autre chose. C'est dommage !

Elle pensait tout haut sans s'en apercevoir. Un soupir s'échappa de son cœur, et elle demeura quelques instants sans parler.

Les deux jeunes filles s'étaient assises près d'un métier à tapisserie : mademoiselle de Charly montrait à Marcelle un art qu'elle ne connaissait pas ; elles causaient à voix basse, la princesse lisait son bréviaire. Tout faisait silence autour d'elle, excepté les oiseaux, les insectes, le bruit cristallin des jets d'eau, et, dans le lointain, le cri des mariniers sur la Loire. Le temps était splendide, l'air limpide et transparent, les fleurs embaumaient l'air, un zéphir parfumé rafraîchissait l'atmosphère chargée des vapeurs du matin.

— Mon Dieu, que c'est beau! mon Dieu, que vos œuvres sont grandes! murmura l'abbesse, que n'avez-vous pas fait pour vos ingrates créatures!

Il vient un âge où l'on admire la nature avec le dernier enthousiasme de son âme; on en jouit pleinement, avec délices. La jeunesse oublieuse ou passionnée fait entrer l'amour dans tous ses bonheurs. Si elle admire un beau style, elle pense à l'objet aimé, elle y désire sa présence, elle en fait un cadre à ses transports, à ses ivresses; mais plus tard on aime la nature pour elle-même, les facultés de l'intelligence et du cœur prennent une autre direction; délivré des douleurs et des déceptions de la tendresse, on n'a plus que des joies moins vives, bien que plus sûres et presque aussi douces.

C'est une grande erreur des premiers âges de la vie que de se croire déshérité de tout lorsque

la vieillesse nous arrive. On entend sans cesse
répéter aux jeunes gens :

— Que ferai-je lorsque je n'aimerai plus ? que
peut être l'existence sans l'amour ? C'est un désert, c'est un désespoir, autant et mille fois vaut
mieux mourir.

Nous l'avons tous cru, et ceux d'entre nous
dont l'expérience a corrigé les idées, lorsqu'ils
arrivent à ce moment tant redouté, quand la
raison leur sert de guide, éprouvent une douce
surprise en découvrant des horizons nouveaux.
Les regrets du passé deviennent des souvenirs
caressés avec délices, les affections ne diminuent
pas, elles s'épurent et se partagent. Au lieu du
besoin dévorant d'être aimé d'un seul, on se
contente d'être aimé de tous.

La femme intelligente et d'une vraie sensibi-
lité abandonne le sceptre de la beauté, elle s'em-
pare de celui de la bonté et de l'esprit ; elle rè-

7

gne autrement, mais elle règne toujours, et cette royauté ne lui sera plus disputée ; elle n'aura plus la fièvre de la vingtième année, elle obtiendra le repos de l'âme et des sens, la quiétude, la coescience de rendre à Dieu la reconnaissance qu'elle lui doit pour les biens qu'il lui accorde.

La paix vient le jour où l'on s'endort tranquille ; où les larmes de l'amitié coulent auprès du lit de mort ; on a tout connu, tout éprouvé en ce monde, on va chercher dans l'autre la punition ou la récompense, assurément la justice, et ceux qu'on laisse derrière soi pensent à vous, ils viennent visiter cette tombe où le corps se pulvérise, pendant que la partie intellectuelle de notre être se purifie.

Telle est la fin de tout ici-bas.

Madame de Charly avait eu deux frères et une sœur. L'aîné de ses frères, qui portait le titre de

duc, puisque leur père n'existait plus, avait péri
très-jeune, dans un voyage, d'une façon mysté-
rieuse. C'était un jeune homme accompli.

Son frère hérita du titre et de la fortune; il
n'eut malheureusement qu'une fille, mademoiselle de Charly; le nom allait donc s'éteindre,
c'était une des préoccupations de la princesse:
elle tenait à son nom comme on y tenait alors.

Ce jour-là, soit qu'une cause inconnue eût
réveillé ses regrets, soit que ce beau temps lui
inspirât des idées plus affectueuses, elle en était
particulièrement occupée.

— Hélas! mon enfant, dit-elle à la jeune fille
qui n'y pensait guère, combien il est triste de
penser qu'après vous personne ne portera plus
ce nom glorieux, né presque avec la mornarchie!
ce nom que nos ancêtres ont illustré et fait re-
tentir aux quatre coins du monde. Vous vous
marierez et vous le quitterez, et ce sera fini, on

ne le lira plus que dans l'histoire et sur des
tombes.

— Aussi, ma tante, pourquoi ne suis-je pas
un prince de Charly au lieu d'être une misérable fille, bonne à rien qu'à chanter à l'orgue ou
à broder au tambour.

— C'est la volonté de Dieu, ma mignonne, il
faut nous soumettre, pourtant c'est bien dur !

Marcelle ne comprenait pas ces douleurs-là.
Pour elle, l'affection était tout ; jamais une pensée d'ambition n'était entrée dans son cœur ni
dans son esprit.

— Eh ! Madame, dit-elle, sans pouvoir arrê-
ter son premier mouvement, vous aimez mademoiselle de Charly tout autant que si elle était
un prince, monsieur son père doit être de
même, alors qu'est-ce que cela fait.

— Sans doute, je l'aime : nous l'aimons tous...

pourtant... N'y pensons plus. Où est votre cousine ?

— Je l'ai à peine aperçue ce matin : elle était à la classe des petites, avec la mère Gillonne.

— Elle n'a pas encore paru chez moi.

— Ah! ma tante, elle viendra, n'en doutez pas. Vous connaissez Villevielle, elle a des moments sombres où elle se cache à tout le monde, mais elle est bonne au fond.

— Elle tient de sa mère, la pauvre enfant ; ma sœur avait de ces lubies, elle en a encore, m'assure-t-on ; elle est jalouse, sa fille également ; je voudrais la guérir de cette disposition funeste, elle aura beaucoup à en souffrir plus tard.

— Ah! oui, murmura Marcelle ; elle en souffre dès à présent.

Comme si elle eût été évoquée par ces paroles, mademoiselle de Villevielle parut à la porte ouverte sur la terrasse. Elle salua sa tante d'un air compassé en se retournant vers les jeunes filles :

— Mademoiselle, dit-elle à la bohémienne avec un mauvais sourire, si vous vouliez bien me donner ma place, je vous en serais très-reconnaissante, n'en doutez pas.

VII

Tous les lieux où se trouve une réunion quelconque forment un petit monde. Les passions, les intrigues, les jalousies, s'y développent comme sur une grande échelle, et l'on pourrait y trouver des drames aussi bien que des comédies, s'il nous était donné d'en connaître les détails.

Cette abbaye de Sainte-Césaire, où l'abbesse trônait en reine, offrait l'image d'une cour en

miniature, je l'ai dit. On s'y disputait la faveur
et les priviléges qu'elle procure ; jusqu'ici, cependant, le plus grand mobile des actions hu-
maines était resté étranger à ce saint asile ;
l'arrivée de nos oiseaux voyageurs apporta le
trouble et la discorde, et fit naître des événements qu'on était loin de prévoir.

Marcelle se leva avec l'aurore ; elle avait été
éveillée par la cloche des matines , sans oser
pourtant se rendre à la chapelle avec les religieuses, bien qu'elle en eût grande envie. Elle
se mit à penser, à envisager sa position et celle
de son frère sous toutes les faces. Le mystère
qui entourait leur naissance l'occupait fort ; elle
réunissait ses souvenirs , rappelait les paroles
de sa mère, sans que rien pût la mettre sur la
voie.

Une seule fois, dans un moment d'épanche-
ment, la pauvre Étiennette s'était écriée, en

pleurant et en serrant les enfants sur son cœur:

— Ah ! si l'on savait !... Toi, toi, mon fils, en être réduit au métier de saltimbanque ! Que Dieu pardonne à celui qui oublie à ce point son nom et son rang...

Elle n'en avait pas dit davantage, et les instances de ses enfants n'avaient pu lui arracher aucune révélation. Au moment de mourir, cependant elle avait remis, en secret, à Marcelle, un bien beau livre de prières, admirablement enluminé, elle lui avait fait jurer de ne le montrer à personne, pas même à son frère, et de ne répéter à qui que ce fût les paroles qu'elle allait entendre.

— Si, dans le cours de ta vie ou de celle de Noël, il arrivait une de ces catastrophes suprêmes qui peuvent changer complétement une destinée, tu arracherais du missel cette page où se trouve l'écusson de France, tu l'approcherais

du feu, et tu verrais paraître des carractères in-
visibles à présent ; alors ce que tu apprendrais,
pourrait exercer une grande influence sur votre
avenir. Si la princesse vous accueille, si elle vous
fait un sort modeste et obscur, si vous êtes à peu
près heureux, je te défends, sous peine de ma
malédiction, de chercher jamais à apprendre ce
que tu dois ignorer. Je sortirais du tombeau
pour te punir, si tu désobéissais à mes ordres,
ne l'oublie pas.

Elle avait promis ; mais souvent, en dépit de
cette promesse, elle avait porté un œil avide sur
cette page presque blanche ; elle avait cherché à
percer, de ses regards, cette feuille de papier,
semblable aux autres en apparence, et qui, cependant, devait renfermer un secret d'une si
haute importance pour elle et son frère. Son
imagination recomposait ces lettres effacées et
les dévorait ; elle cherchait le nom qu'elle aurait

dû porter et qu'elle pouvait lire, en violant le
serment prononcé au lit de mort de sa mère.

Semblable pensée ne pouvait entrer dans son
cœur.

Elle réfléchissait pourtant avec une lucidité
bien au-dessus de son âge, et sa résolution fut
bientôt prise.

Son frère et elle profiteraient avec zèle et empressement des leçons qu'ils allaient recevoir ;
puis, quand ils seraient assez habiles pour ga-
gner honnêtement leur vie, ils mettraient la
princesse en demeure de s'expliquer.

Sa protection irait-elle au delà des murs du
cloître ? Ils l'accepteraient avec reconnaissance.
Se bornerait-elle à leur procurer à chacun une
prébende ; ferait-elle de Marcelle une nonne, et
destinait-elle à Noël la survivance du chapelain ?
Dans ce cas, ils refuseraient ses bienfaits ; ils
n'avaient aucune vocation pour la vie religieuse,

ces joyeux enfants de la liberté et de l'indépendance. En les enfermant, en coupant leurs ailes,
on les tuerait.

Marcelle parcourut plusieurs fois les jardins et
rencontra son oncle, qui lui fit une bonne mine,
très-différente de celle de la veille.

— Te voilà admise chez Madame, lui dit-il,
tâche de t'y bien conduire, tiens-toi à ta place,
n'oublie pas que tu sors d'une souche modeste ;
ne te laisse pas regarder par les seigneurs qui
viendront à l'abbatiale, ils ne sont pas pour toi.
Sa Révérence veut faire de toi une religieuse,
accepte ; c'est un bon état, on ne manque de
rien. Elle te fera probablement une dot ; cependant, tu ne pourras être une dame de chœur ;
il faut, pour cela, une naissance et des quartiers
de noblesse que les Lerat ne sauraient où trouver ; souviens-t'en, et que la grandeur, la faveur,
ne te tournent pas la tête.

— Mais, mon oncle... mon père... ?

— Ta, ta, ta, ta, ta, ton père est mort il y a longtemps ; il ne t'a laissé, pour héritage, que tes oripeaux et ton tambour de basque. Jette tout cela dans la Loire, avec tes folles idées d'ambition, si tu en as. Tu n'as rien, tu ne peux rien être, ne t'avise pas de concevoir des désirs que la société où tu vas vivre semblerait encourager. Les grands ne nous prennent que comme des jouets ; ils nous brisent ou nous repoussent quand nous avons cessé de les amuser ; vois ta mère, n'est-elle pas allée mourir sur un grabat, après avoir été la favorite d'une princesse ? tandis que moi j'ai gardé ma condition, ayant eu le bon esprit de n'en jamais sortir. C'est moins brillant, mais c'est plus solide.

Ce sermon terminé, maître Guillaume fit un petit signe d'amitié à sa nièce, reprit sa brouette et continua à charrier le sable qu'il étendait devant

le perron, la fête de la veille ayant un peu dé-
rangé la symétrie de son parterre, où l'on avait
piétiné.

A dater de ce jour, Marcelle et Noël habitè-
rent l'abbaye et commencèrent leur éducation.
Ils se voyaient tous les jours, ou plutôt tous les
soirs ; mademoiselle de Charly avait un petit
cercle où le chapelain et son élève était admis,
ainsi que la noblesse des environs. La noble
dame s'appliquait surtout à polir les manières
des deux orphelins, à leur expliquer le monde,
à leur découvrir les piéges qu'ils ignoraient ; elle
voulait rehausser ces jeunes natures, leur faire
perdre le souvenir de leurs premières années et
de leur vie vagabonde.

Souvent mademoiselle de Charly, qui s'atta-
chait beaucoup à Marcelle, lui répétait, dans
leurs entretiens :

— Petite, ma tante a des projets sur vous

deux, j'en suis sûre; elle veut que vous deveniez quelque chose.

— Elle veut que je sois religieuse et mon frère chapelain, mademoiselle, répondait-elle en soupirant.

— Elle a d'autres vues plus élevées, j'en réponds. Tu reçois la même éducation que nous; te voilà aussi habile que ma cousine et bien plus habile que moi en musique. Tu chantes mieux que les demoiselles à l'Opéra, bien sûr, et si tu voulais y entrer...

— Ah! mademoiselle!...

— Ou bien peut-être elle te mariera à quelque beau gentilhomme, en te donnant une dot. Tu es jolie, tu trouveras facilement un époux.

— Oh! jamais, une pauvre fille comme moi...

— J'en sais un qui te regarde... qui te regarde!

Marcelle rougit et ne répondit pas; mademoiselle de Charly se mit à rire et lui releva la tête d'un mouvement plein de grâce et d'affection.

— Voyons, ne sois pas honteuse, c'est tout simple : il est jeune, il est riche, il peut se marier à sa fantaisie... si toutefois sa mère le lui permet.

— Je ne sais ce que vous voulez dire, mademoiselle, en vérité.

— Tu le sais fort bien, tu es trop fine pour n'avoir pas compris ce qui se passe, et je ne me charge pas de te rien apprendre.

— Mademoiselle, il ne m'appartient pas de me mêler...

— Je vais te le dire, puisque tu ne veux pas parler, et tu seras forcée de convenir que j'y vois clair, pour une petite fille. M. de Saintré est amoureux de toi.

— Miséricorde ! mademoiselle, ne prononcez

pas ce mot-là ici. Si la mère Ursule, si la mère Gillonne vous entendaient, elles iraient chercher le goupillon.

— Bah ! ma tante assure qu'elles étaient coquettes étant jeunes, et qu'elle était obligée de les gronder sans cesse, parce qu'elles quittaient leurs voiles, au chœur, quand il y avait des officiers dans la chapelle. Enfin, quand le diable devient vieux... Oui, M. de Saintré est amoureux de toi, mais la question est très-compliquée. Le sais-tu ?

— Non, je ne sais pas.

— Il y a d'abord madame sa mère, qui me fait l'honneur de penser à moi pour cette alliance. Je consentirais peut-être à être la femme de son fils, mais ce à quoi je ne pourrais consentir, c'est à l'accepter pour belle-mère. Or, comme l'un ne va pas sans l'autre, il en résulte que je n'épouserai pas le marquis.

8

Marcelle respira.

— Mais ce n'est pas là l'embarras le plus
grand. Si M. de Saintré le veut, si madame sa
mère m'a choisie, une troisième personne est
d'un avis contraire au leur, cette personne c'est
Villevielle, ma cousine ; elle est folle du marquis, elle me déteste, elle te hait, et cela d'abord
parce que ce brave gentilhomme pense à toi,
puis parce que la marquise pense à moi, et enfin
parce que dans tout cela nul ne s'occupe d'elle.

— Vous croyez ?

— J'en suis sûre. Je la connais si bien ! C'est
que, vois-tu, ma cousine n'est pas riche ; elle a
pour perspective d'être prieure ou assistante de
cette abbaye, ce n'est pas gai. Elle a toujours
envié ma fortune et ma position ; est-ce ma faute,
si sa mère a épousé un mauvais sujet qui l'a
ruinée ? Tu sais l'histoire de notre maison, ta
mère a dû te la raconter.

— Non, mademoiselle.

— Ah ! vraiment, je m'en vais te la dire ; elle est très-simple en apparence, il se peut qu'elle ne le soit pas en réalité, et que j'ignore le plus essentiel.

Mon grand-père, le duc de Charly, avait trois fils et deux filles. Il se fit faire prince du saint Empire, après une ambassade brillante à Rome et à Vienne, et cela dans l'intention de donner à ses fils cadets le droit de porter un titre qui les distinguât, comme leur frère aîné, de la noblesse ordinaire. Mon père était un aîné, après lui les deux princes Baudouin et Godefroi de Charly étaient les seigneurs les plus à la mode à la cour et à la ville. Dans notre maison, et cela depuis les croisades, l'aîné s'appelle Louis, les cadets Godefroi et Baudouin, en souvenir des rois de Jérusalem, dont nous descendons par les femmes.

Marcelle soupira ; elle pensa au livre d'heures ; peut-être y avait-il écrit aussi un nom da-
tant des croisades, et qu'elle avait le droit de
porter. En ce temps-là, la noblesse était le rêve
de tous les esprits.

— Le prince Godefroi mourut à l'armée, il
fut tué à Denain, et enseveli dans un drapeau
anglais qu'il avait conquis. Le prince Baudouin,
le plus jeune de toute la famille, était un homme
remarquable sous tous les rapports ; il fut élevé
avec les enfants de France, et ne les quittait
presque jamais. M. le dauphin l'aimait comme
un frère. Ma tante était déjà abbesse de cette
abbaye ; il vint passer quelque mois auprès
d'elle. Mon autre tante venait d'épouser le
comte de Villevielle, qui passait pour fort riche
et pour être en train d'arriver à tout. Quatre ans
après, ils étaient ruinés complétement, et le
comte avait été exilé au fond des Pyrénées ; sa

femme vint également chez ma tante , ici, où elle
trouvait un refuge des plus convenables. Mon
oncle Baudouin y passait la moitié de son temps.
Il y avait amené un artiste italien, le même qui
a composé votre motet, et, s'il faut en croire les
récits des vieilles bonnes, ils étaient tous les
deux d'une bonté sans pareille. Ta mère à dû
t'en parler.

— Jamais.

— Elle était ici, pourtant, l'Italien la faisait
chanter à la tribune avec madame de Villevielle,
qui avait aussi une voix superbe. Que se passa-
t-il ? Je n'ai jamais pu le savoir; mais un beau
matin, l'artiste, ma tante et ta mère partirent,
à deux heures de distance, en secret, mystérieu-
sement et sans qu'on sût où ils allaient. On ap-
prit pourtant, à n'en pouvoir douter, qu'ils n'é-
taient pas ensemble; ce fut tout. Madame de
Villevielle et madame l'abbesse ne se sont pas

8.

revues depuis, et ma cousine n'est arrivée qu'a-
près la mort de sa mère, tandis que je suis à
Sainte-Césaire depuis l'âge de deux ans.

Le prince Baudouin resta près de sa sœur
quelques semaines encore. Il partit ensuite et
se mit à voyager comme un savant. Il s'embar-
qua pour la Turquie, pour la Perse, pour je ne
sais où, et mourut avant trente ans, de ses fa-
tigues, de ses chagrins peut-être... Je l'ignore.

— Pauvre prince !

— Il n'y a donc plus d'héritier du nom, puisque je n'ai pas de frère, et que ma sœur aînée,
mariée à un cousin éloigné, n'a pas d'enfants.
J'épouserai probablement un plus grand seigneur que M. de Saintré ; mais, pour ma cousine, il serait un parti superbe, en outre qu'il la
sauverait du couvent, ce qui est bien une consi-
dération. Ajoutez-y sa jeunesse, son esprit, sa
belle taille et son visage charmant, tu compren-

dras comment Villevielle se cramponne à cette
espérance, et comment elle nous déteste si cor-
dialement, chacune à notre point de vue. La
pauvre fille ! je ne lui en veux pas, je la plains.

Marcelle comprenait, en effet, et, malgré elle,
les assurances que lui donnait la jeune fille lui
causaient une vive émotion. M. de Saintré l'aimait ! Pouvait-elle le croire ? Et puis où la conduirait cet amour ? Oserait-elle jamais espérer
s'unir à un gentilhomme, elle, la bohémienne,
sans famille, sans nom, sans appui en ce monde ?

C'était une folie certainement qu'une telle
pensée. Pourtant, qu'elle était douce ! Comme
elle faisait battre son cœur ! Pauvre Marcelle !
il eût mieux valu pour elle continuer la vie er-
rante, elle n'eût point trempé ses lèvres dans
cette coupe dangereuse et ne s'y fût pas eni-
vrée.

Les deux jeunes filles approchaient de l'abba-

tiale, et déjà le perron était visible à leurs yeux.
A travers les marches, elles aperçurent, avec une
grande surprise, madame de Villevielle descen-
dant les marches avec M. de Saintré. Ils se di-
rigeaient ensemble vers la princesse, et leur
conversation semblait des plus animées, des plus
sérieuses même.

— Ah! dit Charly, voilà qui pourrait bien
changer les choses, qu'en penses-tu?

Mademoiselle de Charly se montra fort préoccupée jusqu'au retour de sa cousine. L'abbesse
était en oraison, et elle n'osa la déranger de ses
prières.

Marcelle ressentait plus vivement encore cette
impression, bien que le beau militaire se fût
emparé de ses pensées ; ce que venait de lui
dire sa compagne avait exalté ses sentiments
presque jusqu'à l'espérance ; il lui sembla qu'elle
retombait de haut ou qu'elle se blessait dans sa

chute. Les illusions nous prêtent des ailes ; en
les perdant, nous revenons sur la terre et nous
n'y marchons plus qu'avec lenteur.

Au bout d'une demi-heure, le marquis et madame de Villevieille rentrèrent. Celle-ci était fort
pâle. Quant au jeune homme, il leur parut d'une
tranquillité parfaite ; il avait toute son aisance,
toute son amabilité ; il salua mademoiselle de
Charly comme à l'ordinaire, dit quelques mots
gracieux à Marcelle, et, se tournant vers madame de Villevieille, il lui demanda où était l'abbesse.

— Dans son oratoire, répliqua Charly, faut-il
l'appeler, monsieur ?

— Ne la dérangez pas, mademoiselle, madame
de Villevieille et la mère Joséphine peuvent tout
aussi bien que moi lui rendre compte de notre
visite. Ma mère accepte sa gracieuse invitation
pour demain ; nous aurons donc l'honneur de

vous voir et de dîner à l'abbatiale. Permettez-
moi de me retirer ; ma mère m'attend dans son
carrosse, nous allons ensemble à Saumur. A demain, mesdemoiselles.

M. de Saintré fit un salut exquis de petit-
maître, et son dernier regard fut pour Marcelle,
qui le reçut en plein cœur, pauvre enfant !

Il fit quelques pas dans l'allée, puis il revint
et s'adressant directement à la nièce de Guillaume, il lui remit une lettre cachetée.

— O mon Dieu ! mademoiselle Marcelle,
dit-il, j'oubliais la commission de ma mère ; elle
vous envoie la recette de cette excellente eau de
senteur que vous lui avez demandée, et, si ce
n'est pas être trop indiscrète, elle vous prie d'en
faire pour elle deux ou trois flacons, en même
temps que ceux de ces demoiselles ; elle vous
sera très-obligée.

Il s'en alla pour tout de bon cette fois. Charly

prit à Marcelle le papier qu'elle tenait et en regarda l'adresse.

— Oh ! la belle écriture que celle de la marquise ! c'est bien là celle d'une femme de qualité, j'en réponds, quels jambages ! Comme ce
Lerat est magnifique, *Lerat !* Il a dû en coûter
beaucoup à son orgueil de tracer un pareil nom.
Aussi l'a-t-elle effacé à moitié.

— Voyons, voyons, interrompit mademoiselle
de Villevielle.

Marcelle s'empara prestement de la lettre et
la mit dans sa poche avec un peu d'humeur.

— Pardon, mademoiselle, ajouta-t-elle, mais
s'il en a coûté à la noble plume de madame la
marquise de tracer un pareil nom, il en coûte-
rait encore plus à vos nobles yeux de le lire.
Votre servante !

Elle fit une révérence tronquée et se sauva
dans le jardin, les yeux mouillés de pleurs.

— Insolente ! murmura mademoiselle de Villevielle.

— Marcelle ! Marcelle ! s'écria mademoiselle de Charly en courant après elle, Marcelle, je n'ai pas eu l'intention de te fâcher ; j'ai voulu me moquer de la marquise, et voilà tout. Aussi, pourquoi t'appelles-tu Lerat ? c'est un drôle de nom. Nous le changerons, va ! ajouta-t-elle en embrassant la bohémienne qui se défendait, et lui parlant à l'oreille : nous le changerons, et tu seras marquise, pour faire enrager cette vieille sorcière. Allons, ne boude pas, et reviens.

Marcelle n'avait pas de rancune, elle se laissa ramener, souriant à travers ses larmes, et comme mademoiselle de Villevielle la regardait avec un air moqueur, elle se remit sur-le-champ. La princesse entrait en même temps qu'elle par une autre porte, Charly courut au

devant d'elle et lui répéta mot à mot ce que le
marquis venait de lui dire.

— Eh bien, mon enfant, je ne sais ce que
veut la marquise, mais il est certain que je l'ai
engagée à dîner, puisqu'elle me demandait une
entrevue. A propos, ma nièce, pourquoi donc
avez-vous accompagné M. de Saintré lorsqu'il a
porté ma réponse à sa mère ? J'en avais chargé
la sœur Joséphine ; le marquis a désiré voir lui-
même madame sa mère, ce n'était pas une
raison pour que vous l'accompagnassiez ; je
vous ai vus passer ensemble, ce n'est pas
convenable, sachez-le bien, et ne recommencez
pas.

Mademoiselle de Villevielle baissa la tête et se
retira derrière sa cousine. Cette réprimande la
blessait doublement lui étant adressée devant
Marcelle, qu'elle regardait de beaucoup comme
son inférieure. Toute sa colère tomba sur elle,

9

comme si elle eût été, non pas le témoin, mais
la cause de son humiliation.

Elle avait en effet accompagné M. de Saintré
sans l'ordre de sa tante, uniquement dans l'espoir que ce presque tête-à-tête lui fournirait
l'occasion d'un entretien de quelques minutes.
Elle ne se rendait pas compte à elle-même de
son désir. Au fond de son cœur, elle nourrissait
une pensée chérie. Peut-être lui plaisait-elle et
peut-être n'en laissait-il rien paraître devant
l'abbesse qu'il devait craindre, et devant sa
mère dont il connaissait les projets. Peut-être
étant quasi seul avec elle, même pendant un
temps bien court, découvrirait-elle ses véri-
tables sentiments, sans l'interroger, elle verrait
bien. Pouvait-elle s'y tromper?

Elle en fut pour sa promenade. M. de Saintré
ne lui parla que de la pluie et du beau temps,
des oiseaux qui volaient, des insectes qui bruis-

saient dans l'herbe et du plaisir d'habiter un
aussi beau lieu que l'abbaye de Sainte-Césaire. Il
avait ajouté une phrase cependant qui lui perçait
le cœur d'outre en outre.

— Vous devez surtout goûter tous les charmes
d'une semblable résidence, mademoiselle, avec
une parente telle que mademoiselle de Charly
et une compagne telle que cette charmante Marcelle, dont l'esprit, les talents, la beauté font autour d'elle comme une illumination.

— *Mamzelle* Marcelle n'est pas ma compagne,
monsieur, elle serait tout au plus ma servante ;
vous oubliez qu'elle vient d'on ne sait où, et
qu'elle est la nièce du jardinier Lerat.

— Mille pardons, mademoiselle, je croyais
que l'amitié de Son Altesse Révérendissime avait
aplani les distances entre vous et cette jeune
fille, je croyais de plus que, destinée à prendre

le voile, vous aviez déjà adopté l'humilité et la
mansuétude du cloître.

— Monsieur, reprit-elle en se redressant
fièrement, si je prends le voile, ce qui est dou-
teux, ce sera pour devenir, après ma tante, abbesse de cette royale abbaye, et jamais pour regarder comme mon égale une coureuse de grands
chemins.

M. de Saintré s'inclina en silence; heureusement pour Villevielle la sœur Joséphine était
une bonne dévote, toute en Dieu, que l'esprit
n'inspirait guère, et qui ne comprit pas un
mot de cette conversation; elle ne put donc la
répéter.

Mais quel fiel dans le cœur de la jeune fille,
qui se découvrit avec certitude une rivale dangereuse. Elle jetait sur Marcelle des regards veni-
meux, qui l'eussent empoisonnée s'ils en avaient
eu la puissance. Madame de Charly, incapable de

deviner chez les autres ce qui était si loin de sa
pensée, ne s'en aperçut pas ; sa nièce fut plus
clairvoyante, et ne put s'empêcher de le laisser
voir.

— Villevielle, dit-elle, pourquoi donc avez-
vous l'air si furieux ? Est-ce que M. de Saintré
vous aurait manqué de respect pendant votre
promenade ?

On se mettait à l'ouvrage, dans le cabinet de
Madame, ainsi qu'on en avait l'habitude toutes
les après-dîners, et Villevielle feignit de ne pas
avoir entendu.

Les favorites de la princesse étaient admises à
cette réunion, ainsi que le chapelain, M. Noël ;
celui-ci faisait la lecture à haute voix, d'abord
d'un ouvrage pieux, ensuite d'un ouvrage de
chevalerie quelconque, et c'était une grande joie
pour la jeune assemblée. L'abbesse aimait la jeunesse ; les vieilles nonnes n'étaient pas ses élues ;

elles se réunissaient chez la prieure, et Dieu sait
les critiques, les médisances qui s'y débitaient
contre le petit cénacle de l'abbatiale. Les deux
partis étaient bien tranchés. La sœur Ursule et
la mère Gilette criaient à l'abomination de la désolation ; c'étaient des clameurs sans fin ; on ne
parlait de rien moins que de dénoncer l'abbesse
au Saint-Siége.

— Mais, hélas ! mes sœurs, disait la mère Ursule, cela ne servirait à rien ; elle a le bras long,
et tous les cardinaux sont ses parents et ses
amis. Souffrons en silence, quelque dure que
soit l'épreuve.

Elle levait alors vers le ciel des yeux dont on
ne voyait que le blanc, faculté accordée aux
saintes personnes qui écorchent leur prochain
avec délice, et qui contrefont les anges ayant le
diable de l'hypocrisie dans le cœur.

Ce jour-là, en entrant chez la princesse, le

chapelain avait l'air sévère et préoccupé, tandis
que Noël, tout en le suivant pas à pas, jetait autour de lui des regards craintifs, empreints de
tristesse et de découragement.

— Eh bien ! l'abbé, dit madame de Charly, et
votre élève ? avance-t-il dans ses études ecclé-
siastiques ? pourrons-nous bientôt demander
pour lui les ordres mineurs ?

Noël frissonna dans tous ses membres ; l'au-
mônier secoua la tête.

— Ah ! madame, nous sommes bien loin de
cela. Je venais justement avouer à votre révérence que M. Noël, au lieu de marcher dans la
voie qu'on lui trace, en suit une tout opposée.

— Vous m'effrayez, l'abbé ; qu'a-t-il donc
fait, je vous en prie ? quelle est sa faute ?

— Il a fait des vers, madame !

Il semblait que Noël eût assassiné quelqu'un,
au ton dont ces mots furent prononcés.

L'abbesse sourit.

— Sont-ils bons, demanda-t-elle.

— Ils ne sont que trop bons, madame ; il y a en lui l'étoffe d'un poëte et non pas celle d'un chapelain.

La princesse jeta sur l'abbé un regard d'une finesse indicible.

— L'un n'empêche pas toujours l'autre, monsieur. Voyons, Noël, ces vers, je t'en prie, fais-en la lecture tout haut toi-même ; ce sera ta punition. Je te promets non pas mon indulgence, mais une critique sévère ; cela t'apprendra. Voyons, nous t'écoutons attentivement.

L'ancien saltimbanque n'était pas timide, on le comprend ; il avait de plus assez bonne opinion de lui-même, et, comme il était bien décidé à jeter le froc aux orties, il lui importait peu qu'on eût de lui au couvent une opinion quelconque. Il ne se fit donc pas prier,

et commença à débiter d'une voix assurée, des
strophes pleines de poésie, de sentiment et de
jeunesse, une déclaration d'un page à une châ-
telaine, qui fit rougir madame de Charly jusqu'aux yeux et qui fit trembler Marcelle pour la
hardiesse de son frère.

— Mon Dieu! se dit-elle, est-ce qu'il l'aime-
rait?

Elle ne connaissait pas encore cette nature,
une vraie nature de poëte, avec ses faiblesses
et ses illusions; elle le jugeait d'après elle et
d'après sa fermeté de cœur, et ne comprenait
pas les défaillances de cette âme qui se livrait à
ses fanfaronnades de dix-huit ans, et qui, semblable à la feuille agitée par le vent, ne pourrait
résister à l'orage qu'élevaient déjà en lui les passions de son âge.

Les vers étaient délicieux; la princesse les

9.

écouta tout attendrie. Ses yeux se mouillaient de larmes qu'elle se hâta d'essuyer.

— Ah! murmura-t-elle, cela devait être; bon sang ne peut mentir.

Les jeunes filles entendaient pour la première fois ces tendres accents d'amour; les jeunes nonnes palpitaient sous leurs guimpes, et madame de Charly, qui s'en aperçut, comprit le danger d'une pareille révélation. Elle interrompit le poëte.

— C'est assez, Noël, dit-elle sévèrement. Je ne blâme pas la poésie, au contraire, tu as pu le voir, et je ne m'en suis pas cachée, mais le sujet, les expressions ne sont pas convenables pour toi ni pour nous. Fais des vers, mon enfant, mais laisse de côté ces fadeurs; tu peux chanter Dieu, tu peux chanter la nature, l'amitié, tous les sentiments du cœur, toutes les merveilles de la création, le champ est assez vaste. Ne te jette pas dans les choses impossibles ; ne t'imagine pas surtout que les pages vinssent parler ainsi aux dames châtelaines ; ils auraient reçu les étrivières pour leur apprendre à regarder trop haut.

— Mais, madame, répliqua timidement Noël, dont l'assurance était déjà tombée, les pages sont des gentilshommes, et vous m'avez dit...

— Je t'ai dit que tu avais dans les veines du sang de gentilhomme, mais tu n'es pas gentilhomme pour cela, et d'ailleurs serait-ce une raison? Songe à ne pas dégénérer par ta conduite et non pas à te prévaloir d'un titre quelconque pour t'élever au-dessus de ta destinée. Tu me donneras bien des tourments, je ne le prévois que trop.

Marcelle crut devoir intervenir; elle se mit aux genoux de sa protectrice avec une grâce charmante, et lui baisa la main.

— Madame, pardonnez - lui ; il est si jeune !

— Et toi donc, es-tu vieille, ma fille? Tu as de la raison, pourtant. Tu ne sors pas de ton état, même par la pensée, et si tu faisais des vers, ils ne seraient pas de cette espèce. Ne te tourmente pas trop, Noël, cependant, je ne suis pas inflexible, et je te commande... une jolie chanson sur ce nid d'oiseaux, posé là-bas dans le buisson de roses. La feras-tu?

— A vos ordres, madame, répondit l'enfant.

— Te voilà donc nommé notre poëte ordinaire. En attendant, prends le livre qui est sur mon prie-Dieu, et fais-nous la lecture. J'ai marqué ce matin un chapitre qui vous sera fort utile à tous. Il est intitulé : *De la défiance de soi-même et de l'obéissance aux supérieurs*. Qu'en pensez-vous? N'est-ce pas très-

bien choisi pour la circonstance, mes chères
brebis?

La lecture fut écoutée religieusement; le reste
de la journée s'écoula dans une sorte de recueillement, qui n'était pas tout à fait canonique.
Toutes ces âmes avaient une préoccupation in-
time qu'elles ne voulaient pas communiquer.
Charly se chantait à elle-même la chanson de la
jeunesse, les vers de Noël, Villevielle souffrait
et rageait, Marcelle rêvait; elle réfléchissait
aussi; un pressentiment lui disait qu'une crise
se préparait dans son existence.

Le soir, retirée dans sa chambrette, elle vida
sa poche avant de se coucher, elle y trouva la
lettre remise par le marquis; elle en brisa le ca-
chet, non pour lire une recette dont elle ne se
souciait guère, mais par ce reflet d'amour que
nous connaissons toutes et qui nous rend si chère
la mère d'un homme choisi par nous.

L'enveloppe contenait deux papiers, dont l'un
s'envola, c'était la recette; une autre restait
entre ses mains; elle l'ouvrit en tremblant. Elle
y lut ces mots :

« Marcelle, demain ma mère viendra deman-
» der pour moi à madame l'abbesse la main de
» mademoiselle de Charly; mais moi je vous aime
» et n'épouserai jamais que vous. Je suis préparé
» à toutes les résistances; si vous m'aimez,
» comme je l'espère et comme vos yeux me
» l'ont presque laissé croire, ne cédez pas et
» nous serons heureux. »

Il n'était pas mal fat, le bel officier.

VII!

Marcelle demeura anéantie, mille sentiments se disputaient son cœur. Elle était heureuse et fière, elle était tremblante aussi. Le matin, Charly avait tenu cette lettre, mademoiselle de Villevielle avait voulu la voir. Qu'en serait-il résulté, mon Dieu ! Ce secret serait alors connu de tous, et les suites de cette découverte la faisaient frémir.

Qu'allait-elle faire ? Que se passerait-il, quand le jeune homme s'assurerait, en présence de sa mère et de la princesse, qu'au lieu d'épouser la riche héritière, il voulait donner son nom à la bohémienne?

— Mon Dieu! s'écria-t-elle, il faudra me cacher au fond de la terre, je n'oserai plus regarder personne en face, ici. Encore, si je ne l'aimais pas!

La pauvre enfant pleura toute la nuit, elle se leva pour ainsi dire mourante, se traîna à la chapelle, et pria avec une ferveur inusitée. En sortant de la messe, mademoiselle de Charly, à qui rien n'échappait, lui dit :

— Qu'as-tu donc, Marcelle? tes yeux sont rouges et tu as parlé au bon Dieu, comme si tu le voyais lui-même et qu'il pût t'accorder tout de suite ce que tu lui demandais.

— Dieu est le père des orphelins, mademoiselle, répondit-elle. Ah! quand on n'a plus de mère, il est bien permis de la pleurer.

— Et puis, Dieu peut faire trouver aux filles

un bon mari, qui en donne, et en fasse de grandes dames.

— Y avez-vous essayé, Villevielle? reprit
Charly, avec cette adorable impertinence d'un
bon cœur soutenu par cent mille livres de rente
de dot.

Mademoiselle de Villevielle n'avait ni la dot,
ni le cœur de sa cousine, elle n'avait pas non
plus la même franchise : elle sentit l'épigramme,
mais elle ne la releva pas ; seulement sa
rancune contre Marcelle s'augmenta de cette
nouvelle piqûre, elle la porta au compte de
la pauvre enfant, déjà si chargé dans son souvenir.

Jusqu'à l'heure si impatiemment attendue
où la marquise devait venir, les jeunes filles se
parlaient peu, elles réfléchissaient. Marcelle
sentait son cœur battre à l'idée de ce qui allait
se passer; elle redoutait la colère de l'abbesse,

qui l'accuserait peut-être d'ingratitude. Cependant, les paroles de Charly la consolaient un peu.

Elle n'aimait pas M. de Saintré, et, de plus, elle le trouvait fort hardi, lui, un gentilhomme de province, sans une illustration très-remarquable et avec une fortune relativement bornée, d'oser s'adresser au plus beau parti de France, après les princesses du sang.

— On le refusera, pensa-t-elle, ce ne sera pas ma faute. Seulement sa mère se fâchera, ne reviendra point ici, et je ne le reverrai plus. Eh bien, je tâcherai de l'oublier! ajouta-t-elle avec un gros soupir.

L'abbesse se faisait faire par ses nièces et souvent par Marcelle, une lecture de piété, avant d'ouvrir l'abbatiale aux étrangers. Elle appelait cela son préservatif contre les dangers du monde. Ce jour-là, le saint livre ne parlait que d'humilité, c'était une application toute directe aux pensées de Marcelle, mademoiselle de Villevielle ne manqua pas de la regarder.

— Oui, mon enfant, conclut l'abbesse quand la lecture fut finie, humilions-nous, car les plus élevés d'entre nous ne sont que poussière devant le Seigneur.

— Cette poussière-là deviendra de la boue souvent, ma tante, n'est-ce pas? répliqua Charly en riant.

— Vous êtes bien habile en philosophie, petite fille; qui vous a donné ces leçons-là?

— Je n'en sais rien, madame, il me semble que je les prends toute seule.

A midi sonnant, le carrosse de madame de Saintré s'arrêta à la grille de l'abbatiale, elle étalait sa grande livrée et une toilette splendide, ce qu'elle ne faisait jamais, à moins d'y être for- cée par le mauvais temps; elle se fit ouvrir et

mit pied à terre devant le perron. Madame de
Charly l'attendait sur son fauteuil, et défendit à
ses nièces d'aller au devant d'elle, à cause du
marquis. Il aurait pu croire à un empressement
qui ne devait pas se montrer.

Après les révérences, madame de Saintré demanda à la princesse un entretien particulier, et
cela d'une façon tellement solennelle, que Charly
se mit à rire derrière son éventail et que Marcelle
n'eut plus que du sang figé dans les veines.

— Sortez, mesdemoiselles, dit l'abbesse, je
vous ferai rappeler quand il en sera temps.
M. le marquis est-il de trop, madame? Je le
prierai alors de passer chez mon chapelain.

— Non, madame, sa présence est essentielle,
au contraire, c'est en son nom que je m'exprime,
et c'est de lui qu'il va être question.

Le jeune homme était très-pâle, mais sa physionomie exprimait la résolution. Il s'était décidé

complétement pendant la nuit, il parlerait, il ne
se laisserait pas sacrifier sans se taire. Son imagination ardente trouvait plus de chances de résister dans une explication en face de madame
de Charly que seul à seul avec sa mère. Marcelle
aurait dans sa révérence un défenseur, et peut-
être cette prétention serait-elle acceptée comme
suffisante pour combler la distance. Il allait risquer le tout pour le tout.

— J'attends que vous vouliez bien vous expliquer, madame, dit Son Altesse.

— Madame, je suis, je l'avoue, un peu émue,
car la conversation que nous allons avoir ensemble est d'une telle importance pour l'avenir
de mon fils que je tremble de la commencer.
Vous en devinez peut-être le but par ce préam-
bule, et le moindre encouragement de votre
part...

— Il s'agit d'une alliance entre nos familles,

je suppose, madame, car très-probablement
M. le marquis ne peut avoir rien à demander à
l'abbesse de Sainte-Césaire.

— Votre Altesse Révérendissime a deviné,
madame.

— Monsieur votre fils désire obtenir la main
de mademoiselle de Villevielle?

— Mais, madame...

— Elle est sans aucuns biens, monsieur, et
ses tuteurs la destinent au cloître; elle doit me
remplacer dans le gouvernement de cette abbaye,
je vous en préviens.

— Nous ne songeons pas, madame, à déranger en rien les projets formés pour mademoiselle de Villevielle, et ce n'est pas d'elle qu'il
s'agit.

— Ah! Et de qui donc, alors, s'il vous plaît?
interrogea l'abbesse avec une nuance de hauteur
qu'elle ne put réprimer sur-le-champ.

— C'est de mademoiselle de Charly, madame, de cette charmante personne que mon fils n'a pas pu voir sans l'aimer.

— Mademoiselle de Charly est malheureusement l'unique rejeton du nom de nos pères, madame, elle réunira sur sa tête toute la fortune de notre maison, son mari doit quitter ses titres et ses armes pour prendre les nôtres et continuer la duché-pairie. Cela ne convient pas à tout le monde.

— Mon fils s'y résigne, madame.

— C'est beaucoup d'honneur pour nous, sans doute; mais depuis longtemps la main de ma nièce est promise à un parent éloigné, fort pauvre et fort obscur jusqu'ici. L'intention de mon frère est de confondre les branches en une seule. Ou si, par quelque circonstance, cet arrangement ne peut avoir lieu, mademoiselle de Charly épousera le titulaire d'une des grandes charges

de la couronne : c'est une décision irrévocable.
Je préfère répondre à votre honorable demande
par la vérité que de chercher des faux-fuyants.
Ce mariage est impossible, agréez-en tous mes
regrets, madame et monsieur.

La marquise resta attérée, tout son orgueil se
révolta. Le marquis sourit involontairement ; un
grand obstacle avait déjà disparu.

— Madame, reprit madame de Saintré d'une
voix tremblante de colère, messieurs les ducs et
pairs regardent de très-haut la noblesse de province qui vaut toutes les noblesses de cour. Nous
sommes d'une race aussi ancienne que les ro-
chers de la Loire. Mon fils a parmi ses aïeux le
fameux Jehan de Saintré, dont les prouesses ont
été célébrées par les poëtes et les troubadours.
Grâces à Dieu, notre maison a assez de biens
pour ne pas en aller mendier à ceux qui la dédaignent et qui ne la valent pas. Nous laissons

donc mademoiselle de Charly à monsieur son cousin ou au grand-écuyer de France ; nous laisserons mademoiselle de Villevielle en expectative du trône abbatial, et nous trouverons facilement ailleurs une héritière qui se contente de ce que nous pouvons lui offrir.

Bien que l'entretien ait pris une tournure inattendue, le brillant officier ne renonçait pas au projet qu'il avait formé. Sa mère venait de recevoir un coup terrible, le second la trouverait moins sensible peut-être. Il essaierait du moins ; la réponse de la princesse lui offrit une occasion toute naturelle.

— Je fais très-facilement la part d'un mouvement irréfléchi, dit-elle avec beaucoup de politesse, je suis sûre que vous en reviendrez. Vous me permettrez, en attendant, de remercier M. le marquis au nom de mes deux nièces, et de lui témoigner personnellement mes regrets de n'avoir

10

pu lui accorder ni l'une ni l'autre, alors qu'il
voulait leur faire l'honneur de les rechercher et
qu'il les méritait si bien.

— Votre Altesse a daigné répondre franchement à ma mère, madame, elle me permettra
également d'en user de même avec elle, j'en suis
persuadé.

— Assurément, monsieur.

— Que veut-il dire? pensa la marquise étonnée.

— J'userai donc de cette indulgence, madame, et je m'expliquerai avec sincérité. Il est
très-vrai que je désire passionnément obtenir de
vous la main d'une de vos pupilles, néanmoins
ce n'est ni mademoiselle de Charly, ni mademoiselle de Villevielle qui se sont emparées de
mon cœur, malgré leurs mérites, c'est...

— Qui se peut-il être alors, monsieur?

— Madame, c'est une pauvre fille qui n'a ni
biens, ni naissance, mais dont la beauté, l'es-

prit, le caractère m'ont paru supérieurs à tous les avantages, c'est Marcelle enfin, et je vous supplie de me l'accorder.

— Marcelle ! s'écrièrent en même temps les deux femmes.

— Oui, Marcelle, madame, oui, Marcelle, ma mère, ceci vous paraît hors de sens, c'est une monstruosité qu'un marquis de Saintré épouse une fille qui a dormi par les chemins. Vous voyez que je sais tout ; dussé-je passer à vos yeux pour un insensé, je vous dirai que c'est pour moi une garantie de plus, une raison plus concluante de l'aimer. Puisqu'elle s'est conservée pure et charmante au milieu de tant de dangers, que n'eût-elle pas fait sous l'aile d'une mère et élevée ainsi qu'elle eût dû l'être si le ciel l'eût fait naître à sa place ?

— Madame, balbutia la marquise, pardonnez, mon fils est fou.

— Je ne suis pas fou, madame, parce que je
cherche le bonheur où on ne le cherche pas
d'ordinaire. J'aurais donc mieux fait de séduire
Marcelle, puisque je l'aimais, selon les habitudes
de mon âge et de mon temps. Eh bien ! je ne
pourrais m'y résoudre. J'éprouve pour elle un
profond respect, peut-être est-ce parce que je
l'ai connue sous votre aile, madame, et que je
l'ai vue près de ma mère, je ne sais ; mais on ne
peut pas m'en blâmer, je suppose.

Il baissa les yeux, comme un enfant qui attend le pardon d'un blâme ou d'une faute. Cette
apparence de soumission toucha l'abbesse, elle
répondit d'un ton conciliant :

— Non, certes, monsieur.

Madame de Saintré commençait à revenir de
sa surprise. Mais elle n'en sentit que plus profondément le coup qu'on lui portait.

—J'espère que vous n'attachez aucune importance à ces paroles, madame, et que vous considérez tout ceci comme une folie de jeunesse, à laquelle il ne faut pas faire attention.

— A laquelle il faut répondre, madame, car elle est honorable et vraie ; et tout ce qui est honorable et vrai doit être considéré. Je vous remercie, monsieur, pour ma pupille ; c'est, en effet, une digne et honnête fille. Elle a un bon cœur, d'excellents instincts, elle est charmante ; cependant, monsieur, je ne vous la donnerai pas pour femme. Elle n'est pas faite pour vous, je ne désire pas la marier.

— Quoi ! madame...

— Non, monsieur. La situation de Marcelle interdit le mariage. Il ne m'est pas permis de m'expliquer plus clairement. Elle restera près de moi comme une fille chérie, je l'aime comme telle, et je voudrais lui faire la vie plus heureuse. Mais hélas !...

10.

— Ceci est sagement pensé, madame, je
vous remercie du fond du cœur. Mon fils deviendra raisonnable, il rejoindra son régiment
et bientôt il n'y paraîtra plus. Il se consolera; à
son âge, l'amour passe vite !

— Je vous demande pardon, ma mère, je ne
me consolerai pas; Marcelle sera ma femme ou
je ne me marierai jamais.

Il y avait dans l'accent du jeune homme une
fermeté dont sa mère fut étonnée.

— Mais... je ne vous ai pas encore vu ainsi,
monsieur, reprit-elle, vous sembliez traiter
l'amour comme vos pareils, vous étiez galant,
volage, vous riiez de tout...

— C'est que je n'avais pas encore aimé, ma
mère !

IX

Le maître-d'hôtel vint annoncer le dîner; la
situation de nos personnages était assez difficile,
mais le savoir-vivre sauva tout, il n'y parut pas.
On causa de mille choses, excepté de ce qui occupait chacun uniquement. Mademoiselle de
Villevielle fut la seule taciturne, le repas fut gai,
et l'esprit se répandit à pleines mains.

Cependant, sous un prétexte aussi plausible,
madame de Saintré se retira de bonne heure, au
lieu de passer l'après-midi au couvent, comme
elle en avait l'habitude. Dès qu'elle fut partie,

l'abbesse cessa de feindre, et son front se couvrit de nuages. Elle devint pensive; personne n'osa interrompre sa rêverie, les jeunes filles brodaient en silence.

— Mesdemoiselles, dit tout à coup la princesse, emportez vos tambours chez vous et laissez-moi seule avec Marcelle, j'ai besoin de lui parler.

L'ordre fut exécuté sans retard et sans hésitation. Le cœur de Marcelle battit bien fort; elle comprit qu'il avait dû être question d'elle, et que son sort allait se décider.

— Venez ici, continua madame de Charly, asseyez-vous sur ce tabouret à mes pieds, et répondez-moi sans détour, ma fille. J'ai besoin de connaître toute votre pensée, et de savoir au juste ce qui s'est passé entre le marquis et vous. Vous êtes franche et loyale, je vous croirai. Je ne vous gronderai pas, ne craignez rien, je sais ce que la

jeunesse peut faire de nous, même des plus sages,
et, pour vous mettre à votre aise, je vous promets
toute mon indulgence, même si vous en
aviez besoin. Parlez maintenant et ne déguisez
rien.

Marcelle avait l'âme trop noble pour ne pas
justifier cette confiance ; elle présenta à l'abbesse
la lettre de M. de Saintré, en lui disant :

— Voilà, madame, toute mon histoire ; voilà
le seul incident qu'elle ait eu ; lisez, et vous serez
aussi instruite que moi.

Après avoir lu, la princesse replia le billet et
le tint quelques instants dans sa main, puis elle
se retourna vers sa protégée.

— Ce billet est d'un jeune fou, mon enfant, il
ne faut pas le prendre au sérieux. Le marquis ne
peut, dans aucun cas, devenir votre mari. Il faut
donc oublier ses extravagances et ne songer qu'à
vos devoirs. J'espère que tu n'as pas cru à ces

rêves, ma pauvre Marcelle, et que tu n'as pas donné ton cœur?

— Madame, reprit la jeune fille en baissant les yeux, vous m'avez ordonné d'être franche.... J'aime M. de Saintré.

L'abbesse pâlit.

— Ah! tant pis, mon enfant, car cet amour sera ta perte, si tu n'es pas assez forte pour le dominer. Marcelle, je t'en conjure, écoute la raison et songe à ta situation dans le monde. Elle t'interdit toute pensée ambitieuse. Tu es née dans l'obscurité, tu dois vivre dans l'obscurité, sous peine de retomber dans le même malheur que ta mère. Tu ne m'imposeras pas cette douleur, mon enfant!

Marcelle était une fille de cœur, mais l'habitude de vivre libre et sous sa responsabilité personnelle, jointe à une intelligence très-développée, lui avait donné une connaissance de la vie, et un sens de toutes choses, incompatibles avec son âge, en ce temps-là surtout, où la jeunesse était tenue bien plus longtemps en tutelle qu'aujourd'hui. Elle prit la main de la princesse et la baisa respectueusement, ensuite elle lui demanda la permission de parler, et la pria de vouloir bien l'écouter sans colère, et sans parti pris.

— Je sais et je sens tout ce que je dois à vos bontés pour nous, madame, le dévouement sans bornes que ma mère avait pour Votre Altesse; mais cependant je puis élever la voix sans vous offenser dans une circonstance où tout mon avenir est en jeu. Je supplie Madame de ne voir en tout ceci aucun sentiment de révolte ; c'est peut-être une réclamation un peu vive, à coup sûr, ce n'est pas une plainte.

— Parle, je t'écoute, et je veux tout savoir.

Quand madame de Charly tutoyait Marcelle,
il y avait dans son accent une tendresse dont rien
ne saurait rendre la douceur.

— Eh bien, madame, je l'ai dit, j'aime M. de
Saintré. M. de Saintré est libre, il me fait l'honneur de vouloir m'épouser, pourquoi n'y consen-
tirais-je pas? Pourquoi serais-je obligée de re-
pousser mon bonheur et le sien, afin d'obéir à je
ne sais quel préjugé que ma raison repousse?
Pourquoi dois-je me vouer à la solitude ou au
cloître, alors que ma vocation m'appelle ailleurs?
Vous seule pouvez répondre à mes questions;
j'ai l'audace de vous les adresser, et je compte
sur votre bonté pour excuser cette hardiesse,
car...

— Je t'excuse volontiers, interrompit madame
de Charly avec mélancolie, pauvre enfant! Tu
ne sais pas quelles lois cruelles régissent la société de ce temps. Tu te plains de ton sort, ton

innocence se révolte contre ce que tu crois une injustice, tu es une victime peut-être de cette impitoyable destinée que les femmes subissent dans tous les rangs, même les plus élevés. Regarde autour de toi, ici seulement, dans ce petit coin du monde, qu'y trouveras-tu ?

— Vous d'abord, ma noble protectrice, dont la bonté se répand sur tout ce qui vous entoure.

— Moi ! Sans doute mon sort te fait envie, il te paraît brillant et heureux. Je suis née sur un manteau ducal, j'ai été belle, je suis riche, j'avais tous les biens de ce monde. Je pouvais, moi aussi, aimer, être aimée. Mais la maison de Charly donne depuis trois siècles des abbesses à cette abbaye princière : une de Charly devait porter la crosse et l'anneau pastoral pour continuer la grandeur de sa maison. Je fus choisie dès le berceau, on m'envoya ici, on m'éleva dans

11

ces idées, et pourtant..... pourtant! Mon cœur
se révolta; tu ne sauras jamais ce que j'ai
souffert !

La jeune fille baisa de nouveau la main
de l'abbesse; elle ne l'interrompit pas néanmoins.

— La raison prit le dessus; je m'accoutumai
à mon sort, et Dieu me consola de tout le reste.
Combien y a-t-il dans ce couvent de destinées
semblables à la mienne, combien de nos filles
ont accepté la nécessité en ne se plaignant pas ?
Toi, Marcelle, tu es plus qu'une autre sous la
main de fer. Le marquis t'aime et veut t'épouser, dis-tu? Ne le crois pas, c'est ta perte. Un
seigneur n'épouse pas une fille de ta sorte, quelles que soient ses qualités et son mérite; il la
trompe, il la séduit, et l'abandonne. Peut-être,
et je veux bien te l'accorder, peut-être est-il de
bonne foi au moment où il parle, mais des obs-

tacles invincibles l'arrêtent ; mais il ne résistera
pas au mépris déversé sur lui par ses pareils s'il
enfreint les lois que ceux-ci respectent ; mais les
mauvais conseils, mais les pernicieux exemples,
mais l'inconstance ordinaire à l'homme ! Que
d'écueils ! Si toi tu aimes, tu donnes ta vie tout
entière, tu ne crois jamais assez faire pour prouver cet amour qui te possède ; au jour de l'abandon, il ne te reste rien que le désespoir. Oh ! je
t'en supplie, ma fille, ne te jette pas ainsi dans
ce gouffre ouvert sous tes pas, écoute mes paroles, je remplace ici ta mère, dont j'évoque le
souvenir ; elle te dirait ces mêmes choses, elle se
jetterait à tes pieds s'il le fallait pour te conjurer
de revenir à la raison. La repousserais-tu ? Non.
Eh bien ! ne me repousse pas !

Marcelle pleurait, Marcelle devinait l'affection
immense que lui portait la noble dame, elle la
savait sincère ; mais Marcelle n'acceptait pas sans

révolte ces nécessités de position repoussées par
ses idées d'indépendance. Elle ne comprenait pa
pourquoi elle devait des sacrifices à un Dieu inconnu, et elle aimait trop sincèrement pour croire
qu'elle pût cesser d'être aimée ou qu'on abusât
de sa jeunesse.

— Madame, madame, je ferai tout pour vous,
excepté de rester dans un cloître, excepté de renoncer à celui qui m'a choisie; je vous donnerais
bien mon malheur à moi, mais le sien, le sien...
oh! non.

— Mon enfant, mon enfant, ne crois pas à ce
malheur, il t'oubliera bien vite. L'ambition s'é-
veillera chez lui. Il verra des femmes plus riches,
plus nobles, il se demandera comment il a pu
songer à toi, et, si tu es sa femme alors, si, cé-
dant à l'entraînement de ses vingt ans, il t'a
épousée, quel sera ton sort, misérable fille? Il
te maudira, il te haïra, et tu ne pourras plus

même lui faire le sacrifice des liens éternels que tu lui auras imposés, songe à cela. Tu feras en même temps son malheur et le tien.

— Oh! jamais, jamais!

— Écoute donc, alors, il reste, je crois, un moyen de tout arranger.

— Je l'accepte à genoux, madame, songeons à lui d'abord.

— Tu vas quitter Sainte-Césaire; je consentirai à me séparer de toi, pour toi seule.

— Ah! cela est-il indispensable?

— Oui. Je t'enverrai dans un lieu où nul ne saura ta présence. Tu me jureras que le marquis n'en seras pas instruit, ni mes nièces, ni personne.

— Excepté mon frère, madame.

— Excepté ton frère, j'y consens. Tu seras chez de bonnes gens, qui ne connaissent ni le monde, ni les passions, ni les intrigues. Il est inutile qu'ils sachent ton passé. Tu liras la lettre dont tu seras porteur et tu n'en dépasseras pas les limites.

— Non, madame.

— Tu resteras là un temps indéterminé, jusqu'à ce que je sois fixée sur les sentiments du marquis pour toi. S'il t'aime véritablement, si le sentiment qu'il te porte résiste à l'attente et aux entraves, je te donne ma parole de tout faire pour vous unir, en prenant les précautions dictées par ma tendresse et ma prudence pour tes garanties d'avenir.

— Ah! madame, que vous êtes bonne!

— S'il en était autrement, si mes craintes se réalisaient, tu trouverais toujours un refuge dans mon cœur et dans ma maison. Es-tu contente? acceptes-tu?

— Ma chère bienfaitrice, vous êtes une sainte, un ange!

— Je suis une femme qui sait et qui a souffert.

L'abbesse et Marcelle causèrent longtemps encore des préparatifs de son départ. Elle s'en irait
le lendemain, dès l'aurore, sans en dire un mot
à personne. On lui donnerait une chaise de
voyage et une tourière pour l'accompagner.
Celle-ci ne reviendrait pas à l'abbaye, dans la
crainte d'une indiscrétion ; elle resterait à Paris,
dans un couvent de son ordre. — C'était à Paris
que Marcelle se rendait. — Elle aurait souvent
des nouvelles de l'abbesse ; celle-ci la tiendrait
loyalement au courant de ce qui se passerait. De
son côté, Marcelle ne cacherait rien à sa meilleure amie ; de cette façon, elles parviendraient,
sans doute, à dominer les obstacles, ou du moins
leur affection mutuelle les consolerait et les ai-
derait à tout supporter.

Tout ceci conclu et bien décidé, on rappela les

nièces, que cette longue conversation avait fort
intriguées et qui brûlaient d'en connaître le motif. Elles n'osaient questionner pourtant, l'abbesse semblait attendrie et préoccupée, Marcelle avait les yeux rouges, il devait y avoir
quelque chose de nouveau. Charly interrogea sa
petite amie des yeux, elle les détourna sans af-
fectation, et bien avant l'heure de la séparation,
elle demanda à l'abbesse la permission de se retirer, sous prétexte d'un mal de tête.

— Marcelle, il fait un temps superbe, interrompit la curieuse, inutile de te coucher; viens
avec moi sur la terrasse, au bord de la Loire,
l'air te fera du bien et tu ne souffriras bientôt
plus.

— Oh ! merci, mademoiselle, je n'en aurais
pas la force, je suis très-malade, je vous assure,
et je vais me mettre au lit, puisque madame m'y
autorise.

— A sept heures ! C'est honteux.

— J'ai encore à parler à Noël de la part de madame; cela me tiendra un bon moment, c'est déjà trop pour ma pauvre cervelle qui s'en va.

— C'est parce qu'on t'a grondée, murmura Charly en embrassant Marcelle et en riant sous cape.

— Non, mademoiselle; mais ne puis-je être malade?

— Toi ! Jamais.

Maemoiselle de Villevielle regardait et ne disait rien.

Marcelle sortit, triste de quitter cette enfant si bonne et si folle, qu'elle ne reverrait peut-être plus.

Elle courut vers l'aumônerie, où elle trouva Noël occupé à pester contre l'abbé qui lui

11.

avait donné à copier trois généalogies des
Charly.

— Je m'ennuie ici, Marcelle, je n'y tiens plus;
cette vie m'assomme, tu as beau dire, je vais tout
envoyer par-dessus les moulins.

— Mon pauvre Noël, je pars.

— Tu pars ! avec moi, je suppose ?

— Non, seule.

— Où vas-tu. Je te suivrai. Ah ! rester ici sans
toi ! avec ce vieux prêtre idiot et des religieuses
bigotes. Non, non, non, mille fois non, je te
l'atteste.

— Il le faut pourtant, Noël. Je reviendrai.

— Où vas-tu ? dis-le donc.

— Voici, l'adresse, mais toi seul la sauras,
et tu te tairas ; tu me le jures ; sur ma
mère.

— Oh ! oui, je te le jure, personne ici ne le
saura par moi.

— Adieu donc, mon cher enfant, je suis brisée. Je pars cette nuit. Nous nous reverrons quand il plaira à Dieu...

— Oh! quand il me plaira, pensa Noël.

— D'ici là profite de l'éducation qu'on te donne; on ne sait pas ce qui peut arriver. Cela te servira.

— Console-toi, ma sœur, nous nous reverrons...

Ils s'embrassèrent avec une grande tendresse, puis Marçelle s'échappa en pleurant et courut se renfermer dans sa chambre.

A minuit, la sœur Félicité vint l'avertir que tout était prêt. Il fallait partir avant les matines. Elle la conduisit à pas de loup chez l'abbesse, qui lui donna sa bénédiction et lui renouvela ses promesses; la chaise, attelée et conduite par Guillaume Lerat, attendait à la petite porte du parc.

Bientôt Marcelle vit disparaître à l'horizon les clochers de l'abbaye ; elle se rejeta dans le fond de la voiture, le cœur gonflé de larmes.

— O mon Dieu, dit-elle, reviendrai-je jamais? Vous seul le savez.

X

Marcelle voyagea jusqu'au jour. Dès que le
soleil fut levé, Guillaume arrêta son véhicule,
afin de prendre un air de cabaret et de laisser
reposer ses bêtes. La sœur Félicité disait ses patenôtres, et la jeune fille prenait possession de
la nature entière. Elle se croyait presque à ses
beaux jours d'autrefois, où, libre comme un oiseau, elle courait suivant sa fantaisie par monts
et par vaux, dénichant les merles, attrapant les
papillons, jouant avec son frère, ou envoyant aux
nuages les notes perlées de ses chansons.

Les murailles de l'abbaye lui serraient le
cœur ; maintenant elle en était sortie, non pas
tout à fait comme elle l'aurait désiré, mais elle
comptait sur l'imprévu, comme une tête aventureuse qu'elle était, et l'avenir s'ouvrait tout entier devant elle.

On la conduisait à Paris. Paris ! ce rêve de
toutes les imaginations vives ! Paris ! la terre
promise des espérances !

Là peut-être trouverait-elle ce qu'elle cherchait depuis si longtemps : le moyen d'employer
les facultés dont elle se sentait douée. Elle se
créerait elle-même une position, elle arriverait à
la fortune, et, plus tard, elle retrouverait le marquis de Saintré fidèle et amoureux ; rien ne s'op-
poserait à leur bonheur.

Depuis qu'elle aimait, la pauvre Marcelle avait
acquis une illusion : celle de croire à la fidélité
des hommes.

Ce roman, caressé pendant tout le voyage, était devenu pour elle une certitude, lorsqu'on arriva aux barrières de Paris. A peine avait-elle échangé un mot pendant la route avec son oncle et avec sa compagne. En entrant dans la grande ville, Guillaume Lerat se retourna vers elle, et lui dit en grommelant :

— Maintenant, mademoiselle ma nièce, vous n'avez plus qu'à vous préparer et à dire adieu à vos grands airs ; vous n'allez pas vivre ici avec des princesses, comme à l'abbaye.

Marcelle tressaillit, il la réveillait et la ramenait sur la terre.

— Ce sera à la volonté de Dieu, répondit-elle sans s'emporter et avec une résignation machinale.

— Nous allons de ce pas chez de saintes et honnêtes personnes, jouissant d'une bonne aisance sur le pavé du roi, mais vivant simple-

ment, en bourgeoises qu'elles sont. Vous n'y
verrez pas d'évaporés comme le beau marquis
là-bas. Vous serez bien forcée de vous conformer
à leurs façons, et je n'en suis pas fâché, car madame et ses nièces auraient fait de vous une
princesse, comme votre mère, si vous étiez restée
près d'elles, et c'est bien assez d'une dans la
famille.

— Comment s'appellent ces saintes et honnêtes personnes chez lesquelles nous nous rendons, mon oncle? demanda Marcelle avec une
teinte d'ironie.

— C'est monsieur et madame Gautrait, que
j'ai souvent vus à Sainte-Césaire. Ils étaient autrefois voisins de l'hôtel de Charly, et madame
l'abbesse, étant enfant, faisait venir la jeune fille
pour jouer avec elle et lui montrer à faire des
points de dentelle. Elle a toujours été laborieuse,
madame. Depuis lors, elles sont restées bonnes

amies ; chaque deux ans les Gautrait viennent
faire une visite à Son Altesse, qui les reçoit ni
plus ni moins que des sacs en pain.

Il y avait du vrai dans cette explication ; seulement Guillaume confondait un peu. Madame
Gautrait, fille d'un ancien échevin, était mademoiselle Bonnet. C'était son père, et non son
mari, qui demeurait près de l'hôtel de Charly et
dont la famille possédait encore la maison. Celle
des Gautrait était située dans la Cité, près du parvis Notre-Dame. Ils tenaient un rang distingué
parmi les tenanciers du chapitre. Leurs ancêtres
avaient acquis depuis des siècles le droit de bourgeoisie, par le fait des archevêques, tandis que
les Bonnet s'enorgueillissaient d'une généalogie
presque parlementaire : un de leurs aïeux, ayant
eu l'honneur d'être massier du Parlement et de
se trouver mêlé, pour sa petite part, aux premières tribulations de la Compagnie sous les rois

de la maison de Valois et sous leurs prédéces-
seurs.

Mademoiselle Bonnet avait, à leurs yeux, un
peu dérogé en épousant Gautrait, qu'elle aimait,
bien qu'il eût une fortune supérieure à la sienne.
Toute la parenté de son mari était dans le com-
merce, tandis que la sienne avait un pied dans
la magistrature. M. Colinot, conseiller à la
sixième des enquêtes, avait épousé une Bonnet.

La bourgeoisie de Paris, à cette époque, avait
ses habitudes à elle; c'était un corps respectable
et respecté. Le titre de *bourgeois de Paris* exi-
geait des obligations remplies avec scrupule; il
jouissait d'une telle estime que beaucoup de ces
familles refusèrent la noblesse et préférèrent
leur ancienne probité à la savonnette à vilain,
qui ne leur donnait qu'un ridicule.

Rien d'honorable, de sévère même, comme
les mœurs des bourgeois avant la Révolution. La

corruption, très-grande on ne peut le nier, se
concentrait dans deux classes : la noblesse —
surtout la noblesse de cour — et la finance. Tout
le reste en était exempt, excepté la lie du peuple.
Aujourd'hui tout est corrompu, du haut en
bas de l'échelle. Y avons-nous beaucoup gagné?

Chaque bourgeois un peu aisé, avait sa maison, qu'on possédait de père en fils et qui restait toujours à l'aîné, gardien du foyer paternel.
A cela près, les parts étaient égales, ils n'avaient
pas le droit des partages nobles, tous leurs enfants étaient égaux, sauf la volonté du père, jamais discutée et toujours admise. Ces pères
étaient de vrais patriarches , on les vénérait
comme tels. Ils étaient en même temps obéis et
aimés. Rarement leur autorité s'exerçait aux dé-
pens du bonheur et de la tranquillité de leurs
enfants. Tout était si bien réglé chez eux que

l'idée même de la révolte ne leur serait pas
venue.

Les plaisirs étaient peu brillants et peu nombreux ; les journées se passaient au travail, et les
réunions du soir conservaient la gravité imposée
à des gens dont l'affaire principale et la pensée
habituelle étaient le soin de leur dignité et la
crainte de donner lieu au plus léger blâme.

Rien n'était donc plus éloigné de Marcelle et
de son frère que ces tendances raisonnables et
cette vie sans incidents. Elle ne pouvait prévoir
ce qui l'attendait, et pendant le trajet de la bar-
rière au parvis de Notre-Dame, elle ne songeait
qu'à regarder autour d'elle et à admirer les merveilles de la capitale, qu'elle avait si souvent
entendu vanter. Malheureusement le quartier
qu'elle parcourait ne lui montrait rien de remarquable : c'étaient des maisons noires, enfu-
mées, des rues étroites et infectes.

— Ah ! se disait-elle, j'aime bien mieux l'abbaye, j'aime bien mieux mes villes du Midi ; au moins le soleil y pénètre, tandis qu'ici je suis glacée jusqu'à la moelle des os. Je sens que je m'ennuierai dans ces vieilles murailles. Mon bon Dieu, ayez pitié de moi ! C'est là Paris !

La chaise s'arrêta devant un logis qu'un archéologue eût admiré et que Marcelle ne regarda pas. Les sculptures en bois qui le décoraient avaient un vrai mérite et indiquaient une ancienneté respectable. La porte était close, une petite cour séparait le bâtiment du mur de clôture ; on n'avait même pas la distraction de la rue, à moins de monter aux étages supérieurs.

Guillaume heurta, on vint ouvrir. C'était une servante d'un âge moyen, vêtue de serge noire, avec une coiffe blanche et un grand tablier à bavette, qui l'enveloppait tout entière. N'était sa jupe assez courte, on l'eût prise pour une

religieuse. Elle parut assez surprise à la vue
de la voiture et des deux femmes, et son accueil
s'en ressentit.

— C'est de la part de Son Altesse Révérendissime madame l'Abbesse de Sainte-Césaire, dit
Guillaume avec une certaine emphase qui n'était
pas exempt de vanité.

— Ah ! fit la servante, dont la physionomie
se rasséréna, madame sera bien contente, entrez.

Guillaume sortit de sa poche une lettre, enve-
loppée de trois mouchoirs et revêtue du sceau de
la princesse. Il suivit Gertrude, qui marchait à
grands pas ; Marcelle et la sœur Félicité atten-
dirent son retour, non sans impatience et sans
inquiétude de la part de la jeune fille. Tout ce
qu'elle entrevoyait ne la rassurait pas ; une tristesse invincible s'emparait d'elle ; il lui sembla

qu'un manteau de glace tombait sur ses épaules
et l'enveloppait tout entière.

Après quelques minutes, Guillaume reparut
suivi d'une respectable matrone, qui s'approcha
d'un air fort empressé, malgré sa froideur.

— Venez, venez, mademoiselle, et soyez la
bien venue dans notre pauvre logis ; madame
l'abbesse est la maîtresse chez nous, et ceux qui
viennent de sa part nous honorent infiniment.
Tout ici est à votre disposition tant que vous dai-
gnerez y demeurer.

Marcelle répondit quelques mots de politesse,
qu'on entendit à peine. Elle se hâta de se rendre
à l'invitation de madame Gautrait ; celle-ci lui fit
une belle révérence et lui souhaita de nouveau
la bien-venue, en l'engageant à entrer chez elle,
où le souper les attendait.

La cour était petite, l'herbe croissait entre
les pavés, et les hautes murailles la rendaient

humide. Son perron de trois marches, situé non
au milieu, mais dans l'encoignure, conduisait à
un assez grand vestibule, où venait aboutir un
escalier de bois très-bien travaillé ; la rampe
était soutenue par ces pilastres que l'on retrouve
encore, en province, dans les anciens bâtiments,
et qui étaient partout les mêmes.

A droite était une porte à deux battants, dont
l'un était ouvert sur ce que l'on appelait *la salle.*
La famille s'y réunissait pour les repas et pour
les veillées ; elle était vaste, d'une grande élévation et éclairée par trois fenêtres, à vitrages de
plomb et à montants de chêne, travaillés par des
artistes du quinzième siècle. La table était mise
au milieu et couverte de ces mets copieux que
les ménagères préparaient avec un art et une
délicatesse dignes des palais les plus délicats.

Tout était *cossu,* sinon élégant, dans cette
maison ; une argenterie suffisante et massive,

de belles faïences anciennes, qui se perpétuaient
de générations en générations, des pots de Hollande, des ustensiles de cuivre jaune aussi brillants que l'or, des cristaux de Venise, achetés à
quelques ventes de grands seigneurs , car ils
portaient des couronnes et des armoiries. Du
linge d'Allemagne et des essuie-mains bordés
de guipure à grands trous, toutes ces choses que
la mode proscrivait dans les maisons du bel air;
mais la mode n'avait aucun pouvoir chez ces
gens, qui semblaient rivés au passé par des
chaînes indestructibles.

Trois personnes étaient debout près de la
table : M. Gautrait, d'abord, respectable père
de famille, coiffé sans poudre, avec ses cheveux
blancs et une calotte noire. Il portait un habit
de drap marron, la veste et la culotte semblables;
les boutons étaient d'acier, poli comme un miroir, mais sans guillochage.

12

A côté de lui, à sa droite, se tenait une grande femme vêtue de couleur feuilles mortes. Sa coiffure affectait une tendance vers le siècle du grand roi ; elle avait conservé le bonnet à tuyaux de madame de Maintenon et le voile de veuve dans toute son ampleur.

Elle se nommait madame Devienne ; elle était la sœur de M. Gautrait. Son mari, procureur assez distingué, lui avait laissé un fils, qu'elle destinait à la basoche et qui occupait, suivant l'usage, le bas bout de la table, où son âge le reléguait.

Urbain Devienne écrivait son nom, hors du logis, avec une particule. C'était un fort beau garçon, sacrifiant quelque peu aux idées modernes, et dont l'ambition et la vanité enrageaient de son état modeste. Il avait de l'esprit, de l'instruction, en dépit de Cujas et de Barthole. Il faisait des vers en cachette, et quand il pouvait s'échapper de cet intérieur solennel, il faisait de joyeuses parties de guinguettes avec les clercs de son étude et d'autres amis.

Son oncle devait lui racheter la charge de son père aussitôt qu'il aurait fini ses études. Il soupirait après ce bienheureux moment, où il lui serait permis de jouir enfin de sa jeunesse. Il ne montrait à ses parents que le côté sérieux de son caractère. S'ils eussent soupçonné ses innocentes folies, ils l'eussent jugé indigne d'exercer une profession telle que la sienne, et il eût attendu longtemps la liberté.

Il avait obtenu, avec beaucoup de peine, la permission d'adopter la poudre et de se parer d'un habit bleu, dont la nuance seyait parfaitement à son teint blanc et rose. Encore M. Gautrait lui avait-il adressé plus d'une réprimande à cet égard.

L'arrivée de Marcelle, en habit de voyage, en-

capuchonnée dans une mante de soie dont la
princesse lui avait fait présent, n'en produisit
pas moins une vive sensation. Avant de s'asseoir
à la gauche du maître, elle se débarrassa de son
attirail de route, et quand elle parut dans son
frais costume, moitié grisette et moitié demoiselle, Urbain en resta ébloui.

Il n'avait jamais vu une plus séduisante créa-
ture. Elle leva sur lui son œil de velours, et ne
put retenir un sourire, en comparant ce jeune
visage aux vénérables portraits de famille dont il
était entouré.

— Celui-ci vit, se dit-elle, les autres sont
morts.

XI

— Madame l'abbesse nous fait espérer, mademoiselle, que vous resterez longtemps avec nous, dit le père en invitant Marcelle à s'asseoir ; elle nous parle de tous vos mérites, vous recommande à nous avec autant d'instances que si vous étiez sa nièce. Il n'en est pas besoin : il suffit de vous voir pour s'intéresser à vous, et vous pouvez compter sur les soins et sur l'affection de toute la famille.

— Je vous remercie, monsieur, je tâcherai de reconnaître de mon mieux vos bontés.

— Ainsi, mademoiselle Marcelle, cette maison est la vôtre. Vous n'y trouverez pas de plaisirs ; nous sommes peu gais, et nous vivons
loin du monde ; mais pour une jeune fille qui
se destine au cloître, ce peut être un excellent
noviciat.

— Hélas ! pensa l'enfant, c'est donc bien vrai
qu'on persiste ! Je n'ai point encore dit *oui*,
pourtant !

— Quoi ! pensa Urbain, faire de cette jeune
fille une nonnette, avec de pareils yeux ! Quel
dommage ! J'en ferais bien plutôt une procureuse, si elle le voulait. Elle ne doit pas être
riche, sans doute, mais elle apporterait dans son
tablier une fière clientèle, si la princesse l'aime
tant que cela. Bah ! Mon oncle ne voudra jamais ;
il lui faut du comptant.

Le jeune homme soupira.

Marcelle ne mangea guère ; elle était triste.

Cette maison lui paraissait lugubre; la sœur mangea encore moins; elle demanda à se retirer; ses habitudes étaient bouleversées, et la pauvre fille se sentait à bout de forces. On la conduisit à sa chambrette; elle fit ses adieux à sa compagne. Le lendemain, dès l'aube, elle devait rentrer au couvent, et très-probablement, elles ne se verraient plus.

— J'espère, mademoiselle, ajouta la religieuse, que vous viendrez un jour dans notre maison de Paris, puisqu'on m'y envoie. Vous serez dame de chœur, à ce qu'il paraît, quoique cela ne soit guère juste, car enfin vous êtes la nièce de Guillaume Lerat, le jardinier. Mais madame l'abbesse lui donne une grosse dot, madame, voilà comment cela se gouverne chez nous! Heureusement le ciel est pour tous, et cela console, ajouta-t-elle en faisant un signe de croix!

— Mais, ma mère, reprit tout bas le jeune

homme, si madame l'abbesse lui donne une
grosse dot, pourquoi ne lui fait-elle pas épouser
un brave garçon, cela vaudrait mieux que le couvent.

— Taisez-vous, mon fils, et ne tenez pas des
discours impies.

La conversation roula sur des sujets indiffé-
rents après le départ de la sœur converse ; on
soupa assez vite, et, en sortant de table, madame
Gautrait prit Marcelle par la main et la conduisit à un siége ; elle se plaça auprès d'elle.

— Ma belle demoiselle, dit la bonne femme, je
crois devoir, dès ce soir, vous mettre au fait de
notre vie et de nos habitudes, pour que vous sa-
chiez si cela vous convient. Nous nous levons à
six heures, à sept nous nous rendons tous à la
messe à la cathédrale, où les Gautrait ont, de
toute éternité, la clef d'une chapelle. Nous ren-
trons ici pour prendre notre premier repas.

Après quoi, on se met à l'ouvrage ; mon mari et mon neveu sont à leurs affaires, ma sœur et moi nous ouvrons le linge et les vêtements ici, dans cette salle, avec nos servantes. Deux jours par semaine, nous travaillons pour les pauvres. A midi précis, l'on dîne ; ensuite, on se promène jusqu'à deux heures, et l'on revient travailler. Le souper est à sept heures, et à neuf, chacun rentre chez soi, ainsi que nous allons le faire tout à l'heure. Je ne vous parle pas des dimanches et fêtes, où l'on va aux offices ; on remplace le travail par une lecture pieuse, ou l'on se promène plus longtemps. Nous avons, le soir, quelques parents et amis, qui viennent faire une partie de cartes ; ces réunions sont fort agréables et la compagnie très-gaie.

— Hélas ! pauvre oiseau ! murmura Urbain, dans quelle cage te renferme-t-on !

— M. le conseiller Colinet, mon cousin, et

madame la conseillère en font partie ; ils ont
beaucoup de respect et de vénération pour madame la princesse ; ils vous recevront à merveille.
Puis il y a tous les Bonnet, dont un greffier au
parlement ; vous verrez, vous verrez, ces jours-
ci, vous ne vous ennuierez pas.

— Je ne m'ennuierai jamais, madame, et je
vous remercie de vos bontés.

— Ceci est d'une fille sage ; vous vous accou-
tumerez très-bien avec nous. M. Gautrait va faire
la prière maintenant, et chacun se retirera ; vous
devez avoir besoin de repos.

On se mit à genoux, la mère comme les autres ;
le père de famille récita la prière à haute voix,
et, une demi-heure après, chacun était remonté
chez soi, tous les bruits avaient cessé dans la maison.

Marcelle avait une petite chambre, ressem-
blant beaucoup à une cellule. On l'avait placée

dans une tourelle, avançant en poivrière sur le
bâtiment. Elle ouvrit les vitraux de plomb, et découvrit, en face d'elle, la masse imposante de la
cathédrale, les bâtiments sombres de l'Hôtel-
Dieu. Un petit coin du ciel bleu, où la lune passait en ce moment à travers les flocons légers de
quelques nuages, lui rappela ses années de bonheur, et les larmes lui vinrent aux yeux.

— O ma mère, pensa-t-elle, pourquoi avez-
vous imposé à vos enfants une captivité si dure,
après leur avoir laissé une liberté si grande ?
Pourquoi avoir fait de moi une bohémienne,
pour m'envoyer ensuite dans les palais des
grands, pour ouvrir à mon cœur des chemins
inconnus, et le condamner ensuite à la solitude
d'un cloître ? Vous coupez nos ailes, ma mère
chérie, vous nous ferez mourir. Pouvons-nous
vivre sans l'air pur, sans la brise, sans les chansons ? Hélas ! et nous sommes séparés, et le

pauvre Noël est là-bas, bien loin, à pâlir sur des
livres, dans la compagnie d'un homme dont le
cœur est aussi fermé que l'esprit, une machine à
patenôtres ! Ces nuages vont peut-être du côté
de la Touraine, là où j'ai laissé mon frère, où
j'ai laissé... Mon Dieu, faut-il penser à lui ? faut-
il l'oublier ? M'aimera-t-il malgré l'absence, malgré tout ce qui nous sépare ? Comprendra-t-il
pourquoi j'ai consenti à m'éloigner ? Ne vaudrait-il pas mieux obéir à ma bienfaitrice, me
séparer du monde et de tout ce qui y tient, avant
d'y être conduite par le désespoir et l'abandon ?
Ne vaudrait-il pas mieux mourir ?

Ces réflexions et ces sentiments tinrent la
jeune fille éveillée une partie de la nuit, malgré
la fatigue. Quand elle s'éveilla le matin, il était
tard déjà, et l'heure de la messe allait bientôt
sonner. Elle s'habilla à la hâte et descendit. Les
deux vieilles dames et les servantes étaient

réunies dans la salle ; on avait dit la prière du matin, on se préparait à se rendre à l'église.

— Ah ! pardon, madame, dit Marcelle, j'étais si lasse, que j'ai dormi trop tard.

— Cela ne vous arrivera plus, mademoiselle, j'en suis sûre ; le lendemain de l'arrivée fait exception. Vous plaît-il que nous partions tout de suite ? Il est huit heures moins dix minutes.

— Hélas ! pensa-t-elle, je ne pourrai jamais me faire à cette exactitude-là tous les jours. Ces gens-là sont des horloges.

Pauvre bohémienne ! pauvre oiseau voyageur, à qui l'on coupait les ailes et qu'on voulait attacher à la terre !

La journée se passa strictement comme il avait été annoncé. Urbain parut au dîner et au souper ; le soir, il adressa quelques mots à Marcelle, qui lui répondit ; ils eurent quelques minutes de conversation ensemble. Tout le monde

13

se tut pour les écouter. Le visage des grands
parents se rembrunit, et lorsqu'on eut quitté la
table, M. Gautrait, sur un signe de sa femme,
emmena le jeune homme dans l'embrasure d'une
croisée.

— Monsieur, lui dit-il d'un ton sévère, où
avez-vous vu qu'un jeune homme de votre âge
osât adresser la parole à une jeune fille qu'il ne
doit pas épouser? Que cela ne vous arrive plus;
nous n'entendons pas ces manières-là.

En ce temps-là les jeunes gens ne répliquaient
pas à leurs parents; Urbain s'inclina et sortit de
la pièce sans répondre.

Quelques instants après on entendit fermer la
porte de la rue.

— Vous aurez parlé trop sévèrement à votre
fils, M. Gautrait, reprit la mère de famille; il
m'avait dit qu'il ne sortirait pas.

— J'ai dit ce que je devais dire, et je préfé-
rais, d'ailleurs, qu'il ne restât pas ici.

Marcelle avait tout deviné, mais elle n'en fit
pas semblant, et le lendemain, lorsque Urbain
parut pour le repas, ils se contentèrent de se saluer de loin, sans échanger même un regard.

Les gens sans passions, — ou ceux qui oublient
qu'ils en ont eu, ce qui revient au même, — ces
gens-là donc ne songent pas à une chose, c'est
qu'il n'est pas de meilleur moyen d'exciter un
sentiment que de le contre-carrer. Urbain trouvait Marcelle jolie ; elle lui avait plu ; mais il n'y
eût pas songé davantage sans la défense de son
père. Maintenant, au contraire, elle devint sa
préoccupation constante, l'idée qu'on lui inter-
disait même de lui dire un mot, l'excitait au
dernier degré. Huit jours après il était éperdue-
ment amoureux de la future religieuse.

Guillaume était parti après avoir pris un peu

de repos. Marcelle était sans nouvelles de Sainte-
Césaire : ce qui augmentait sa tristesse. L'abbesse avait cependant promis d'écrire a Noël
également. Cétte preuve d'indifférence la déso-
lait. Son frère ! son frère ! l'être qu'elle aimait le
plus au monde et qui devait le plus l'aimer?
L'oubliait-il ? serait-il malade ? Elle se demandait si elle oserait prendre l'initiative ; si elle
écrirait, la première, à l'un ou à l'autre, ou si
elle devait attendre, dans la crainte de blesser la
princesse en devançant ses volontés.

L'existence monotone qu'elle menait contri-
buait encore à lui donner des idées sombres. Il
semblait qu'un crêpe se fût étendu sur toute la
nature ; elle n'y voyait que deuil et désolation.
Le dimanche on se promenait dans la campagne ;
après les offices, on allait souper à un vide-bou-
teille situé auprès de Vaugirard. La maison était
jolie ; le soleil riait sur les treilles autour des

fenêtres. Son cœur se dilatait un peu ; mais,
quand le regard de l'exilée retombait sur les
physionomies de ses hôtes, si calmes, si froides,
si perpétuellement impassibles, son cœur se serrait, et une souffrance réelle s'emparait de tout
son être.

Un matin, Marcelle, un peu souffrante, avait
demandé la permission de ne pas descendre de
la matinée. Elle travaillait près de la fenêtre,
levant quelquefois les yeux vers les nuages, dont
elle eût voulu faire ses messagers.

Tout à coup une voix frappa son oreille. On
chantait sur la place. Un groupe de passants était
réuni autour d'un jeune homme, dont un chapeau rabattu cachait les traits. La bohémienne
éprouva une vive émotion ; elle ouvrit son car-
reau, et regarda.

La foule s'amassait : une foule de gamins et
de voyous ! la dignité des bourgeois leur inter-

disait un pareil spectacle ; à peine si quelques
garçons de boutique osaient se risquer, leur
aune à la main.

Quand l'auditoire fut complet et le cercle
formé convenablement, l'artiste fit entendre
quelques accords de guitare ; puis il commença
une sorte de villanelle, dans une langue étrangère, ce qui fit jeter un cri perçant à Marcelle.
Elle dut s'appuyer sur la croisée pour ne pas
tomber.

— Ah ! mon Dieu ! ah ! mon Dieu ! murmu-
rait-elle.

XII

Elle reconnut l'air, elle reconnut les paroles, elle reconnut aussi le musicien, — c'était Noël !

Noël à Paris ! Noël ayant quitté la Touraine sans demander son congé ? Pourquoi ? Comment ? Il fallait le savoir, mais la chose était très-difficile. Son frère se cachait, sans doute, puisqu'il n'était pas venu directement à elle, et, quelle que fût son ignorance du monde, Marcelle en savait assez pour comprendre qu'une lutte entre eux et l'abbesse ne pouvait aboutir qu'à leur confusion.

Elle voulut néanmoins montrer à Noël qu'elle l'avait reconnu, et écrivit à la hâte quelques lignes pour lui donner rendez-vous à minuit; à cette heure tout sommeillait autour de l'église. Sa fenêtre était la seule de la maison qui donnât sur la rue et d'ailleurs on avait toute confiance en elle, on ne la surveillait pas.

Son billet écrit, elle en enveloppa un gros sou, puis elle ouvrit sa fenêtre et fit signe au virtuose de venir chercher son offrande. Elle fut promptement comprise; quelques secondes après le poulet fraternel parvenait à son adresse.

Un regard échangé entre le frère et la sœur leur recommanda mutuellement la prudence. Marcelle resta quelques instants encore à la croisée, elle suivit des yeux le jeune bohême qui s'éloignait et mille pensées traversèrent son cerveau. Elle frémit à l'idée de ce que Noël avait pu risquer en s'échappant. Si on l'avait poursuivi, si madame la princesse, en colère, les abandonnait, que deviendraient-ils ?

Elle serait à jamais séparée du marquis, nul espoir d'obtenir le consentement de la marquise, que peut-être l'intercession de sa protectrice et ses bontés pourraient arracher. Il faudrait donc renoncer à ce bonheur rêvé et caressé avec tant de délices.

La jeune fille ne quitta pas sa chambre et songea mûrement à tout cela. Elle ne put s'excuser de paraître au souper, dans la crainte de donner l'éveil, mais elle s'y montra si préoccupée, que chacun le remarqua. Urbain en fut tout attristé, il cherchait à lire sur sa physionomie, pour en deviner la cause. Peut-être ses parents s'étaient-ils aperçus du sentiment qu'il dissimulait si mal et peut-être avaient-ils fait à

13.

Marcelle des observations qui la blessaient. La passion rapporte tout à elle, et, suivant le pauvre amoureux, la future novice ne pouvait avoir d'autre chagrin que celui qu'il éprouvait.

Cependant aucune question ne fut adressée à Marcelle, la retenue imposée par les convenances du temps s'y opposait. Elle se retira après la prière, elle attendait impatiemment l'heure du rendez-vous, et le temps passerait plus vite pour elle, lorsqu'elle serait débarrassée de toute contrainte.

Urbain ne sortait plus le soir, il assistait à tous les repas, à la prière, il quittait le logis le moins possible, par conséquent la porte fut fermée de bonne heure et les bruits de la maison s'éteignirent promptement. Ceux de la rue ne tardèrent pas davantage; dans ce quartier désert et bigot on n'entendait, une fois la retraite sonnée, que quelques fiacres attardés, rentrant

chez eux. Il n'y avait de lumières qu'à l'Hôtel-
Dieu ; et si les chanoines prolongeaient la veil-
lée, tout était soigneusement clos chez eux.

Ce sont de discrètes personnes que les chanoines.

Marcelle éteignit la chandelle pour plus de
précaution. À cette époque la bougie était un
luxe inconnu chez les bourgeois, excepté dans
les occasions solennelles. La lune donnait en
plein sur la place et dans la chambre ; il n'était
donc pas besoin de conserver une lumière accu-
satrice. Un peu avant minuit, elle aperçut une
ombre qui se glissait le long des maisons, elle
reconnut Noël et son cœur battit.

— Seigneur ! pensa-t-elle, si l'on me voyait,
on croirait que c'est un amant. Je veux pourtant qu'il monte ici ; il faut que je sache en détail tout ce qui s'est passé. Ma conscience est
tranquille ; je ne crains pas les regards de

Dieu ; voyons l'échelle, et que le ciel me pro-
tége !

Elle alla chercher dans un bahut une vieille
corde à nœuds qui leur servait autrefois pour
leurs exercices, et qu'elle avait scrupuleusement
conservée, avec ses costumes et ses engins de
bohémien. Elle fit en deux secondes l'inspection
de la place, et certaine qu'il n'y avait personne,
elle attacha la corde à la barre de la croisée et la
laissa tomber toute droite, Noël en deux sauts
fut arrivé près d'elle.

Ils commencèrent par s'embrasser tendre-
ment, car ils s'aimaient, ces deux orphelins.
Après les premiers épanchements, Marcelle ac-
cabla son frère de questions.

— Pourquoi était-il venu ?

— Il s'ennuyait mortellement, il ne pouvait
plus supporter cette vie solitaire et cloîtrée,
maintenant surtout qu'elle n'était plus là.

— Comment avait-il fait pour s'enfuir?

— Il était parti le soir, en escaladant la muraille du parc.

— Avait-il laissé quelques mots d'excuses et de regrets pour la princesse?

— Oui, une belle lettre, où il disait qu'un oiseau captif ne chante plus, se meurt de douleur; qu'il était un oiseau, qu'il lui fallait étendre ses ailes, mais qu'il n'oublierait jamais ses bontés.

— Avec quoi avait-il vécu le long de la route?

— Avec ses chansons et ses castagnettes.

— Que s'était-il passé à l'abbaye depuis le départ de Marcelle? Qu'avaient dit les nièces, en ne la trouvant plus? Et les religieuses, et les... amis de madame l'abbesse?

—Mademoiselle de Villevieille avait été enchantée, mademoiselle de Charly avait pleuré, les vieilles

nonnes avaient prétendu qu'elle s'était fait enlever, et le marquis de Saintré avait fait une
scène abominable à madame sa mère. Il était
parti pour son régiment ou pour Paris peut-
être ; on pensait qu'il chercherait partout la
jeune fille et qu'il saurait bien la découvrir,
n'importe où elle fût.

— Il a dit cela ! murmura-t-elle, ivre de
joie.

— Oui, ma sœur, et il t'épousera malgré cette
marquise entêtée, malgré les béguines, il me
l'a promis.

— Tu l'as donc vu ?

— Certainement ; il est venu me trouver à la
brune, à l'heure où M. le chapelain est chez la
princesse. Il m'a supplié de lui apprendre où
l'on t'a envoyée, afin qu'il pût venir t'arracher
à tes geôliers et te conduire triomphalement à
son château.

— Et tu lui as dit où je suis ? interrompit-elle palpitante.

— Oh! que nenni, ma sœur, pas si bête. Il ne peut t'épouser avant d'être majeur, je le sais fort bien, et d'ici-là il vaut mieux que vous ne vous voyez point.

Marcelle baissa les yeux.

— Pourquoi? fit-elle.

— Parce qu'il ferait quelque extravagance, qu'il voudrait t'imposer à sa famille, qu'on te mettrait fort bien à la porte, et que tout serait perdu. Oh! je ne suis pas un étourdi.

— Et si ton départ a fâché madame l'abbesse et qu'elle nous abandonne?

— Alors nous reprendrons notre liberté et notre tambourin, nous recommencerons la joyeuse vie d'autrefois; tu oublieras ce pauvre marquis, et tu épouseras quelque prince de la

Mauritanie, comme disait cette jeune danseuse que nous avons rencontrée à Toulouse.

Marcelle réfléchissait.

— Noël, reprit-elle, tu me répondras avec franchise, n'est-ce pas, même si ma question te paraît singulière ?

— Certainement.

— N'as-tu jamais remarqué combien mademoiselle de Charly avait de plaisir à te voir ; combien elle te recherchait quand nous jouïons ensemble, et de quel air elle recevait les bouquets que tu lui portais ?

— Sans doute, répliqua le jeune homme avec embarras, mais qu'importe cela ? Mademoiselle de Charly ne saurait être pour moi, pauvre garçon, et ce serait folie que de lever les yeux si haut.

— Tu trouves pourtant tout simple de me voir écouter les doux propos du marquis.

— Ma sœur, il fera de toi une marquise, et
moi, que ferai-je de mademoiselle de Charly, je
te le demande ?

— Ah ! c'est vrai.

Elle resta quelques instants comme accablée,
puis tout à coup elle se releva, et alla prendre
sur le prie-dieu son livre d'heures. Elle montra
à son frère cette page qu'elle avait tant de fois
percée de ses regards.

— Tu vois ceci, mon Noël, eh bien, là est
notre destinée, là est écrit ce que nous brûlons
de savoir, l'histoire de notre mère. Le jour où
une décision d'avenir doit être prise pour nous,
nous lirons ces caractères mystérieux, nous ap-
prendrons quel nom nous pouvons porter. Tout
me dit qu'il est illustre, que nous marcherons
les égaux de ceux qui nous dédaignent. Alors tu
pourras prétendre à mademoiselle de Charly, tu

feras aussi une duchesse, une princesse, que
sais-je?

— Ou je n'en ferai rien du tout, car elle
n'aura pas besoin de moi pour être quelque
chose, et d'ici-là, je trouverai peut-être une
femme qui m'aimera comme tu aimes le marquis, pour moi et pour ce que je vaux.

Marcelle sourit.

— Allons, ajouta-t-elle, je le vois, mademoiselle de Charly n'est pas la femme que tu choi-
sirais : elle est charmante pourtant.

— Oui, mais elle est trop gaie. Pourquoi
donc, Marcelle, puisque nous pouvons savoir
notre sort, pourquoi donc ne pas nous en ins-
truire tout de suite? Cela nous servirait beaucoup dans nos démarches.

— Notre mère l'a interdit, mon pauvre enfant, nous devons être en grand péril pour qu'il
nous soit permis de percer ce mystère.

— Attendons alors !

Ils causèrent ensemble très-longtemps. Noël résista aux prières de sa sœur ; il ne voulut pas consentir à se remettre sous le joug monasti- que. Chaque soir, il viendrait voir Marcelle ; le jour, il reprendrait sa vie vagabonde, sa liberté chérie ; ils attendraient ainsi la décision prise par la princesse au sujet de sa protégée.

— Jamais je ne serai moine, affirma le jeune homme.

— Jamais je ne serai religieuse, ajouta sa sœur.

— Et pourtant madame l'abbesse n'a pas d'autres vues sur nous, Marcelle ; puisque nous sommes décidés à lui résister, il vaut mieux nous affranchir tout de suite, elle nous aban- donne, si elle ne nous violente pas. Viens, em- porte tes hardes, allons-nous en dès ce soir. Tu es ici dans une maison où l'ennui suinte sur les murs, pourquoi y rester davantage ? Reprends ta liberté avant qu'on te l'enlève, crois-moi.

Marcelle laissa couler deux larmes sur sa joue, et secoua tristement la tête.

— Non, mon frère, j'espère encore.

— Alors, préviens le marquis ; qu'il sache si tu veux qu'il vienne, s'écria-t-il, avec la versatilité d'un enfant, si tu tardes, il t'oubliera, il perdra l'espérance.

— Tu me disais tout à l'heure le contraire.

— Sans doute ! mais puisque tu n'as pas de patience !...

— Il est tard, Noël, retire-toi, va te reposer, et laisse-moi reposer aussi, j'en ai besoin. Demain, ou plutôt ce matin, il me faudra être prête pour la messe, car si j'y manquais !

— Ah ! pauvre sœur, quel supplice ! ces heures réglées, ces lois inflexibles, que je te plains ! Moi, je dors quand il me plaît, tant

qu'il me plaît, sur ce lit de foin que j'ai trouvé
tout près de la grange batelière. J'ai mes aises
chez le bonhomme Nicot ; moyennant une livre
par jour, j'ai un palais et une bonne nourriture,
quand je veux, à l'heure que je veux, toujours
excellente mine d'hôte et la permission de courir, de cueillir des fruits et des fleurs dans un
jardin délicieux. Que je voudrais t'y voir, Marcelle, et comme nous nous amuserions là tous
les deux !

Un joyeux éclat de rire fut la péroraison de
ce discours ; au même instant on frappa rude-
ment à la porte de la chambre, et Marcelle
poussa un cri à demi étouffé.

XIII

— Mademoiselle Marcelle, dit une voix tremblante, que l'enfant reconnut sur-le-champ,
mademoiselle Marcelle, dormez-vous, ouvrez-
moi, je vous en prie.

— C'est la procureuse, dit la jeune fille à l'o-
reille de son frère, vite, détale, qu'elle ne se
doute de rien, ou je serais perdue. A demain.

Noël embrassa sa sœur, prit à deux mains la
corde et fut sur la place en un clin d'œil. Aussitôt Marcelle détacha l'échelle, la jeta dans le
coffre et ôta son verrou; car la vieille femme fai-

sait rage. Un peu plus elle eût éveillé toute la maison.

— Et qu'y a-t-il madame? demanda-t-elle empressée et tremblante.

— J'attends depuis bien longtemps, mademoiselle, j'ai fait beaucoup de bruit pourtant, répliqua la dame d'un ton sec.

— J'étais dans mon premier sommeil, et... mais, qu'est-ce? Etes-vous malade, ou bien madame Gautrait? avez-vous besoin de moi?

— Vous dormiez! votre lit n'est pas défait, vous dormiez donc sur votre chaise?

— Oui, madame, j'ai contracté l'habitude de dormir partout. Encore une fois, que désirez-vous, madame?

— Mademoiselle, j'ai fait un songe qui ressemble à une vision; il m'a effrayée, je n'ai pas pu résister à mon inquiétude, et, comme il s'agit

de vous, je suis venue..... Vous n'avez pas vu
mon fils ?

— Monsieur votre fils, madame? nullement, où
l'aurais-je vu ? Il ne vient pas chez moi, je suppose. L'œil investigateur de la procureuse se
promenait sur tout, et, comme la lune avait
tourné, l'obscurité était presque complète.

— Pourquoi donc n'avons-nous pas de lumière? demanda-t-elle brusquement.

— Je vais battre le briquet et en allumer une,
si vous le souhaitez, je n'en avais pas besoin
pour sommeiller.

Marcelle en effet éclaira promptement sa chambre. Tout y était en ordre sauf le coffre, que
dans sa précipitation elle avait mal fermé. Madame Gautrait s'en aperçut.

—Qu'avons-nous là ? demande-t-elle.

Et la curieuse tira l'échelle de cordes dont le

bout passait. Marcelle, heureusement, ne se dé-
concerta pas.

— Ceci, madame, nous servait à mon frère
et à moi pour nos exercices, du temps que nous
étions bohêmes.

La vieille dame eut un tressaillement, elle
ébaucha dans le vide un signe de croix.

— Enfin, la grâce vous a touchée, nazilla-t-
elle; vous devez avoir vu mon fils, recommença-
t-elle après une pause.

Ceci fut dit sur un autre ton, où la colère se
mêlait à l'inquiétude.

— Mais pourquoi cela, madame, reprit Marcelle avec hauteur.

— Pourquoi... pourquoi... parce qu'il n'est
pas dans sa chambre et que cependant il n'est
pas sorti. Où voulez-vous qu'il soit, si ce n'est
ici ?

— Madame !...

14

— Oh! ne vous gendarmez pas, mademoiselle, je n'ai pas dessein de vous offenser. Quand
on a été bohémienne, on peut bien jeter... malgré soi... des charmes aux jeunes gens; le diable ne renonce pas si facilement à son pouvoir.

— Et, puisque je vous tiens, mademoiselle Marcelle, je vais m'expliquer franchement à cet
égard. Les mères sont clairvoyantes, elles sont
inquiètes aussi, vous m'excuserez si, ayant tout
vu, je redoute pour lui une passion qu'il ne peut
dominer.

— Je ne sais ce que vous voulez dire, madame.

— Vous devez le savoir pourtant : les jolies
filles connaissent les premières les sentiments
qu'elles inspirent, à ce qu'on dit. Ma sœur et
mon frère ont plus d'esprit que moi, pourtant
ils n'ont pas mon cœur, moi, je l'ai vu tout de
suite, et j'ai tremblé. Mon pauvre enfant !

Cette femme se transfigurait en parlant de sa tendresse pour son fils.

— Ne me cachez rien, ma chère demoiselle, vous pouvez avoir confiance, je ne vous trahirai pas. Vous êtes bien revenue au Seigneur, vous êtes bien décidée à prendre le voile, n'est-ce pas? Qu'auriez-vous de mieux à faire? Vous serez une dame de chœur à l'abbaye royale de Sainte-Césaire, et c'est une position cela !

— Je suis très-décidée à refuser, madame ; je n'ai pas la vocation.

— Miséricorde ! alors que va devenir Urbain? Vous l'écouterez, vous l'aimerez, il est impossible que vous ne l'aimiez pas, lui, le roi de la basoche, lui que toutes les femmes et les filles s'arrachent, lui qui aura une grosse fortune et qui sera le premier procureur, le plus beau, le plus habile, il ne peut pourtant pas épouser une danseuse des rues. Quant à l'accepter pour la perdition de son âme et de la vôtre, j'espère que vous ne le ferez pas, vous ne serez pas assez abandonnée de Dieu pour cela.

Madame Gautrait fit, pour cette fois, un signe de croix tout entier, son visage exprimait une profonde horreur. Marcelle ne put retenir un sourire.

— Mademoiselle, pour l'amour de vous-même, entrez vite au couvent.

— Madame, pour l'amour de moi-même, je n'y rentrerai pas. Néanmoins, soyez tranquille, je n'ai aucune envie de déranger vos projets sur monsieur votre fils. Je n'aspire pas à l'honneur d'être procureuse, mes vœux sont ailleurs, et fût-il dix fois plus épris de ce que vous appelez mes charmes, il perdrait son temps, je vous en réponds.

La mère exprima son doute par une moue.

— Vous me trompez peut-être. Je sais si bien

comment mon Urbain enjeôle les filles ! On ne
s'en doute pas ici, mais je n'ignore rien. C'est
une lourde charge pour une veuve qu'un fils
unique à élever. J'ai sondé toutes les abomina-
tions de la galanterie, à cause de lui, et à l'insu
de tous, et j'ai vu combien il est aimé de ces
créatures que la clémence divine châtie assez
pour qu'elles préfèrent un homme au Sauveur.
Voilà pourquoi je tremble, pourquoi je trem-
blerai jusqu'à ce que vous soyez bien et due-
ment enfermée entre les quatre murs de l'abbaye. Il est si beau !

— Je ne puis que vous répéter la même chose,
madame, vous n'avez rien à redouter. Il se fait
tard ou plutôt de bonne heure, j'ai besoin de me
reposer encore, et il me sera impossible de me
rendre à la messe, ni au déjeuner peut-être ; je
suis fatiguée, je vous l'assure.

— Oh ! mademoiselle, ne négligez pas Dieu,

14.

il vous abandonnera et... Mais où peut être Urbain? Je vais chercher encore.

La procureuse, avant de quitter la chambre,
en sonda de l'œil tous les coins; la tranquillité
de la jeune fille la rassurait un peu, cependant
elle n'oubliait pas que la crainte est le commen-
cement de la sagesse.

Pendant ce temps, cet Urbain, objet de sa
sollicitude, venait d'éprouver une cruelle décep-
tion. Si le lecteur veut bien se rappeler la description faite de cette maison, il comprendra facilement l'explication qui va suivre. Le principal
corps de logis était situé au fond d'une cour,
séparé de la place par une muraille, où était
percée la porte d'entrée; à droite une aile avançait jusqu'au mur, et une tourelle donnant au
dehors se terminait sous la forme d'une poivrière.

La maison et l'aile qui la complétait avaient

deux étages sur un rez-de-chaussée et des man-
sardes, mais la poivrière s'arrêtait au premier,
où était la chambre de Marcelle.

Au second existait une chambre, où personne
ne couchait et qui contenait quelques livres de
plusieurs sortes. Urbain y fouillait assez fré-
quemment, lorsqu'il n'osait pas rejoindre ses ca-
marades le soir ; et depuis qu'il était amoureux,
il avait souvent recours à de vieux romans ou-
bliés par des générations successives, pour en-
dormir ses pensées.

De plus, la croisée de cette quasi-bibliothèque
étant obliquement placée au-dessus de la tourelle, il avait la chance d'apercevoir l'ombre de
sa bien aimée allant et venant pour ses préparatifs du soir. Or, on sait ce que peut être une
ombre pour un cœur bien épris !

Ce jour-là justement, il avait très-peu vu
Marcelle pendant la journée ; elle n'avait guère

quitté sa chambre, il éprouva le besoin de se rapprocher d'elle, et quand il crut tout le monde bien endormi, il se dirigea vers son observatoire.

Au moment où il allait ouvrir la fenêtre, il aperçut un homme qui rôdait et il se tint en embuscade. Bientôt il entendit un bruit léger, il vit cet homme accourir ; minuit sonnait ; l'échelle fut lancée et le rôdeur grimpa avec une adresse extrême jusqu'à la poivrière, où il était attendu probablement.

XIV

Le premier mouvement d'Urbain fut de démasquer la perfide, de courir chez elle, de tuer son rival et d'apprendre à tout le monde ce qu'était cette soi-disant novice, dont on respectait si fort la vertu.

Mais bien que très-passionné, Urbain était un garçon judicieux, élevé dans les finesses de la chicane, cherchant autant par instinct que par la pratique de sa profession, à tirer le meilleur parti possible de toutes les situations de la vie.

Il se dit que s'il faisait du bruit, on chasserait Marcelle et qu'il ne la verrait plus.

En outre, s'il lui tuait son amant, ou s'il la
compromettait ainsi, elle le prendrait en horreur et il n'y aurait plus rien à espérer d'elle.

Enfin, d'après ce qu'il venait de voir, Marcelle n'était pas digne de devenir sa femme, mais
elle pouvait l'aimer néanmoins, puisqu'elle avait
pu en aimer un autre. Il fallait agir finement,
lui faire savoir qu'il était maître de son secret et
qu'il aurait pu la perdre; il ne l'avait pas fait;
donc elle lui devait de la reconnaissance et elle
devait la lui prouver.

C'était assurément le seul parti à prendre
dans son intérêt; il s'y arrêta, bien qu'il souffrît
de cruelles tortures en sachant qu'un autre
avait su plaire à celle qu'il aimait et qu'en ce
moment même il était à ses genoux.

Le pauvre garçon passa une triste nuit, car

il resta à son poste jusqu'à ce qu'il eût vu descendre Noël et qu'il fût instruit des moindres détails de cette tragi-comédie. Il rejoignit justement sa chambre pendant que sa mère était chez Marcelle et quand, en retournant chez elle, la bonne dame entr'ouvrit la porte, elle le trouva dans son lit, où il songeait fort tristement.

Elle lui fit dix questions à la fois sur son absence et sur l'inquiétude qu'elle avait ressentie. Il éluda la réponse de telle façon qu'elle ne douta plus de son malheur. Il avait dû voir la bohémienne, celle-ci l'avait escamoté par quelque sortilége. Son enfant était perdu d'âme et de corps, il ne lui restait plus qu'à le racheter par les prières ou les macérations. La tendresse maternelle et la superstition produisaient dans cette tête faible un mélange singulier. Elle eut cependant assez de force pour se taire, afin de ne pas mettre Urbain en garde contre elle, et fit

comme si elle ignorait tout. Ses plaintes et ses
paroles rentrées faillirent l'étouffer.

Elle se retira cependant et le laissa seul.

Le jeune homme réfléchissait. Il cherchait le
moyen de mettre son plan à exécution. Comment arriver jusqu'à Marcelle ? Comment l'ins-
truire de ce qu'il avait vu ? Lui parler était impossible, la seule ressource était de lui écrire,
il avait tant besoin d'épancher sa rage qu'il ne
put attendre le jour, il prit sa plume et traça
ces mots :

« Mademoiselle, je vous aime et vous me
» haïssez. J'étais cette nuit à la fenêtre de la bi-
» bliothèque, à minuit ; vous savez ce que j'ai
» vu. J'aurais pu me venger et vous perdre,
» mais je vous aime, et si je ne puis être votre
» amant, je veux du moins être votre ami. J'ai
» bien souffert, je souffre bien encore ; un mot

» de vous me fera tout oublier, si vous daignez
» le prononcer, ce mot, c'est ma mort ou ma
» vie. J'attends.

» URBAIN. »

Marcelle éprouva une vive contrariété en li-
sant cette lettre. Elle savait l'amour d'Urbain,
par suite de cette intuition féminine qui nous
avertit des sentiments que nous inspirons. C'est
peut-être un fanal près d'un précipice. Elle ne
s'en inquiétait guère et se croyait bien gardée
par les murailles de glace qui l'entouraient.

Maintenant le danger devenait sérieux ; le
jeune homme, poussé à bout, était capable de
toutes les violences, elle l'avait assez appréciée
pour en être certaine, le billet le lui prouvait, il
y avait de la menace et de la révolte dans cet
aveu passionné. Comment faire ? Elle ne voulait
pourtant en aucune façon donner des espérances

qu'elle ne réaliserait point, et comment apaiser
ces soupçons jaloux ? Une confidence était péril-
leuse, elle pouvait empêcher la réussite des projets formés. La croirait-il d'ailleurs ?

— Ah ! s'écria-t-elle, si je n'aimais pas le
marquis, si j'avais perdu tout espoir de voir réa-
liser mes beaux rêves, le soleil de demain ne me
trouverait pas dans cette maison. Mais recom-
mencer ma vie de bohème, c'est mettre une bar-
rière plus infranchissable encore entre nous.

Elle ne put bannir ses réflexions et ses craintes, son frère n'était pas d'un conseil assez sûr
pour qu'elle s'en rapportât à son opinion. Enivré
de la liberté, insouciant, joyeux de pouvoir étendre ses ailes, à peine si l'assurance d'une grande
fortune et d'un rang élevé aurait pu le faire renoncer à ses courses vagabondes, il n'aspirait
qu'à arracher sa sœur à ce qu'il appelait sa prison ; aussi se décida-t-elle à ne pas lui parler de

ce nouvel incident, dont il se fût fait une arme.

Rien ne la troubla plus du reste jusqu'au moment où elle revit Urbain, dont la mine déconfite et la démarche tremblante annonçaient une vive émotion. Il salua la jeune fille jusqu'à terre, comme si elle eût été une duchesse, et leva sur elle un regard suppliant. Elle y répondit par un sourire plein de promesses ; cette petite pantomime n'échappa pas à la procureuse et redoubla ses terreurs, malgré les assurances qu'elle avait reçues.

Cependant elle redoutait encore plus son frère et sa sœur que les charmes de Marcelle ; l'idée de les irriter contre son fils lui donnait le frisson, elle voyait son avenir détruit et son étude perdue : cette étude, toute son espérance, où elle comptait bien trôner un jour, ainsi qu'elle l'avait fait du temps de son mari ! Elle se promit d'exercer une surveillance implacable et de re-

porter sur la bohémienne le scandale, s'il avait
lieu. Elle l'accuserait d'avoir jeté un sort à son
fils, et certainement les Gautrait n'en douteraient
pas, les diables et les sorciers étant en grand
honneur et en perpétuel épouvantail chez la
bourgeoisie dévote de ce temps-là.

Une nouvelle circonstance attira de nouveaux
embarras.

Il y avait ce jour-là une cérémonie religieuse
de haute importance à Notre-Dame. Des gens
pieux comme les Gautrait n'y pouvaient manquer, et Marcelle n'osa refuser de les y suivre.
La foule était grande, ils eurent beaucoup de
peine à rejoindre leurs places, eux qui n'avaient
pas de laquais pour les précéder, comme les dames de la cour.

Ils venaient de prendre de l'eau bénite et se
glissaient à travers les chaises, Marcelle marchait
la dernière ; au plus fort de la mêlée, elle sentit

une main toucher la sienne, et un billet fut
glissé dans sa mitaine de soie. Elle se retourna
vivement et ne découvrit que des visages indif-
férents ou placides. Néanmoins elle était trop
adroite pour dédaigner le moindre détail, et le
papier fut soigneusement caché dans sa poche.

Ne pouvait-il venir de M. de Saintré?

Son cœur battait bien fort. Une lettre de lui !
Et s'il était à Paris, s'il venait réclamer sa parole et la proclamer sa femme, en dépit de sa
mère et de tous les obstacles ? Elle avait vu cela
dans les romances et dans les séguillas qu'elle
avait chantées ? Ne pouvait-elle être une héroïne
comme les autres ?

Mais si l'orpheline avait l'imagination vive et
aventureuse, elle avait aussi le cœur excellent et
un sentiment d'honneur très-prononcé. Elle
avait, de plus, un instinct de dévouement à ses
affections qui devait lui rendre le bonheur bien

difficile en ce monde. Elle se dit tout de suite
qu'elle ne pouvait déranger ce jeune homme de
sa voie, ni l'arracher aux destinées qui l'attendaient. Mieux valait se sacrifier, et elle le
ferait sans murmure, en dépit de son désespoir.

L'office et le sermon lui semblèrent intermi-
nables, elle sortit de l'église en courant presque,
et ses vénérables hôtes furent obligés de la rappeler à eux; une telle allure n'était pas de mise
en pareil lieu ni en pareille compagnie. L'enfant
vint se remettre à leurs côtés; heureusement le
trajet n'était pas long, et elle entendit, au bout
de la place, le son éteint du tambour de basque :
Noël n'était pas loin, ce qui lui donna de la patience en lui rappelant un ami.

Remontée chez elle pour quitter ses coiffes,
elle s'enferma dans sa chambre et ouvrit le bienheureux papier. Ses mains tremblantes, son sein

palpitant, révélaient une impression en même
temps douce et cruelle. Elle lut :

« Ma bien-aimée Marcelle, l'absence me tuait ;
» je suis venu, me voilà, je veux vous voir. Je
» serai sous votre fenêtre toute la journée, dé-
» guisé en crocheteur ; paraissez-y, ne fût-ce
» qu'un instant. Le soir, quand il fera nuit, je
» reviendrai, et si vous voulez me recevoir, je
» trouverai bien le moyen de parvenir jusqu'à
» vous. Je n'avais jamais aimé, on m'appelait le
» fier, l'insensible, le volage ; mais depuis que
» je vous ai vue, mon être est transformé. Vous
» serez ma femme, je vous le jure, en dépit de
» ma mère et des préjugés. Si l'on n'y consent
» pas, je vous enlève, et alors il faudra bien
» qu'on nous unisse. Je suis un homme d'hon-
» neur : la pensée seule d'un parjure m'est
» odieuse. Fiez-vous à moi, vous n'aurez pas à
» vous en repentir. A bientôt, à toujours. »

Marcelle sentit ses jambes se dérober sous
elle, la joie l'étouffait. Il était là, à quelques pas;
elle allait le voir, et le voir sans crainte. Le tra-
vestissement qu'il avait pris ne pouvait attirer
l'attention de personne, nul ne soupçonnerait un
beau jeune seigneur sous de pareils habits. Et
c'était pour elle qu'il se déguisait ainsi, qu'il cachait son rang, son joli visage ! Il l'aimait donc
bien !

Pauvre fille ! L'amour des jeunes seigneurs
n'est souvent que du *lard dans la souricière*,
suivant l'expression de madame Cornuet, quelques cent ans auparavant.

La place était peu fréquentée en dehors des
exercices religieux. Il n'y passait guère que des
dévotes, des malades, des prêtres ou des âmes
charitables. Ils avaient tous mieux à faire que
de remarquer un crocheteur.

Lorsqu'elle fut un peu remise, elle se releva

chancelante et s'en alla pousser la fenêtre, elle
s'appuya sur le balcon, elle n'y voyait plus. Une
voix qu'elle reconnut bien vite entonna un *pont-
neuf* fort connu, que le marquis répétait assez
souvent dans leurs jeux à l'abbaye :

> » Ma bergère est fidèle,
> » Et je vais la revoir !
> » Landerira, landerirette.
> » Elle est sage, elle est belle,
> » Mais son petit avoir
> » A mes vœux la rend cruelle.
> » Si je ne l'ai pas nul ne l'aura,
> » Landerirette, landerira! »

Je ne donne pas ces vers comme un modèle de
poésie, mais nos bons aïeux les faisaient ainsi.
Ils étaient de l'avis de la comtesse d'Escarba-
gnas : *on peut allonger un peu le vers pour dire
une belle pensée.*

15.

Marcelle eût volontiers répondu par le second couplet, d'autant plus qu'il ne passait personne; Urbain pouvait être à son observatoire : un mot, un geste lui révéleraient tout. A sa grande surprise, elle le vit poindre au bout de l'église, il sortait de la maison d'un chanoine, fort paré et marchant sur la pointe des pieds.

Il se dirigea directement vers le crocheteur. La bohémienne n'avait pas une goutte de sang dans les veines. Malgré l'invraisemblance, elle trembla qu'il ne l'eût reconnu, elle ne songeait pas qu'ils ne s'étaient jamais vus ! Ne pouvait-il pas le deviner ?

Il tira une lettre de sa poche, et, se prenant au déguisement du marquis, il la lui présenta pour qu'il la portât à son adresse. La lettre était accompagnée d'une pièce de douze sous, somme énorme pour l'époque et qui l'eût fait traiter de prodigue par tous ses parents, s'ils se fussent doutés qu'il allât jusqu'à jeter ainsi son argent par les fenêtres.

— Mon garçon, dit-il, veux-tu te charger de ceci et me rapporter la réponse ?

M. de Saintré resta un instant sans répondre, il avait quelque peine à se faire à ce langage. Urbain répéta la question avec un peu d'impatience.

— Ah ! oui, mon jeune monsieur, répliqua le commissionnaire comme un homme qui se réveille, vous porter la réponse, où cela ?

— A la maison de la tourelle, là, à gauche.

— La maison de la tourelle ! C'est là que vous demeurez ?

— Sans doute, que t'importe ?

— Ah ! vraiment ! — J'en suis fâché, mon bourgeois, je ne puis faire votre commission, je suis loué.

— Loué pour te croiser les bras et chanter ?

— Je suis loué et je ne puis quitter cette
place, répéta-t-il d'un ton d'humeur.

Les amoureux ont un sens de plus que les autres, ils flairent souvent un rival, la jalousie a
des yeux de lynx, quand elle est en éveil ; une
circonstance à demi plausible la met sur la voie.
Les deux jeunes gens conçurent en même temps
le même soupçon. Urbain vit les mains blanches
et délicates du crocheteur, il comprit tout. Son
visage distingué, le soin de son costume, tout
grossier qu'il fût, achevèrent de l'éclairer. Le
marquis avait coupé ses moustaches, sans quoi
l'illusion n'eût pas été possible : il n'était permis
qu'aux militaires d'en porter.

Un dernier trait eût levé ses doutes, s'il en
eût conservé un seul.

Sa chemise de toile bise s'ouvrit sur la poitrine, il en aperçut par-dessous une autre de
la plus fine toile de Hollande, dès lors il eut

une certitude absolue : c'était un déguisement.

— Tu es un singulier commissionnaire : tu refuses l'argent qu'on veut te donner !

— Je suis payé déjà, vous dis-je, et puis je n'obéis pas à tout le monde, moi ! Vous m'avez l'air d'un clerc de procureur endimanché, et je ne me charge pas des poulets du tiers état, il me faut des gens de qualité, ou je ne bouge pas.

— Oui-dà ! tu chantes très-haut pour un coq de basse-cour ; et si j'ai la mine d'un clerc de procureur endimanché, tu m'as bien l'encolure, toi, d'un petit-maître en maraude. Prends-y garde, je t'en avertis ; la basoche n'aime pas que l'on chasse sur ses terres, et, si je ne me trompe pas, tes nobles épaules pourront bien payer pour tes habits de ratine.

M. de Saintré devint rouge comme une cerise, il porta vivement la main à la place de son épée ; ce geste le trahit plus sûrement que le reste. Urbain était un véritable observateur, ainsi que tous ceux de son métier, quand ils sont intelligents.

Marcelle n'entendait rien, mais elle voyait tout de la fenêtre. Elle lisait sur les physionomies et devinait les paroles. Connaissant les deux acteurs de la scène, elle la traduisit facilement. Une querelle lui semblait imminente, et, par suite, une catastrophe qui découvrirait ce qu'elle avait tant d'intérêt à cacher.

Au moment où la colère du marquis allait éclater, la situation se compliqua de plus en plus par l'arrivée d'un troisième personnage, qui se plaça résolûment entre eux, et dont la vue fit pousser à la jeune fille un cri d'effroi qu'elle ne put retenir

XV

Ce nouveau venu n'était autre que l'illustre Guillaume Lerat, débarqué tout fraîchement de Touraine et de fort mauvaise humeur, il accourait au bruit, par curiosité d'abord, et puis par l'instinct de la bataille, dont nos vieilles races du Centre sont toujours possédées.

— Jarnigoil s'écria-t-il, qu'est-ce que ces jeunesses ont à se disputer ? N'es-tu pas fou, l'ami, de t'attaquer à un bourgeois ? Et vous, bourgeois, êtes-vous raisonnable de chercher querelle à un crocheteur ?

Le marquis eût voulu être à cent pieds sous terre. Il devint rouge comme une cerise. Si Guillaume le reconnaissait, tout était perdu, et Guillaume était bien malin, bien madré, avec son air niais.

D'un autre côté, Urbain n'était pas homme à lâcher sa demi-découverte, et ses amours sem- blaient bien malades, à ce pauvre jeune sei- gneur.

— De quoi vous mêlez-vous, l'homme? Vous êtes un paysan, cela se voit, et vous ne savez pas les beaux usages. Nous autres, jeunes robins, nous rossons les crocheteurs insolents, tout aussi bien que les beaux fils de la cour; mais nous rossons encore bien mieux ces dits beaux fils quand ils viennent chasser sur nos terres. Or, celui que vous défendez est l'un ou l'autre, je vous en réponds.

Le petit œil de Guillaume étincela. Il regarda

attentivement M. de Saintré, et cet examen changea du tout au tout sa physionomie.

— Ça ! un seigneur ! fit-il d'abord en se moquant... Mais... mais... est-ce que j'ai la berlue ? Est-il bien possible ?... Mais si... mais non... mais si... Monsieur le marquis, j'ai bien l'honneur de vous saluer. Madame votre mère va me donner une belle prime pour vous avoir repêché dans Paris du premier coup.

Miséricorde du ciel ! un marquis ! et un marquis venu pour voir Marcelle ; il n'y avait pas moyen d'en douter, c'était l'homme de la fenêtre. Urbain en eut presque un éblouissement. Il reconnaissait parfaitement Guillaume. Maintenant son arrivée était grosse de mystères, qui devaient concerner la jeune fille. Madame l'abbesse l'envoyait quérir, en une seconde son imagination eut bâti mille châteaux.

Le marquis, surpris, effrayé, comprit tout

aussi vite qu'un coup d'État pouvait seul le tirer
de cette équipée. Sans s'amuser à répondre ni à
remettre le rustre à sa place, il s'en prit à ses
jambes et courut comme un cerf jusqu'au che-
vet de l'église, à travers les détours du cloître,
se réservant de revenir plus tard ; il était déjà
loin avant que ses deux ennemis fussent revenus
de leur surprise.

— Il est, en vérité, parti ! dit Guillaume stu-
péfait.

— Qu'est-ce donc que ce marquis, monsieur
Guillaume ? Que venez-vous faire ici ? Est-ce
pour votre nièce? Mes parents seront contents
d'avoir des nouvelles de madame la princesse.

— Vos parents ! Qui êtes-vous donc? Oh !
oui, vous êtes le neveu du bonhomme Gautrait,
le petit procureur. Et que diable aviez-vous à
faire avec le marquis et avec ma nièce? Ouais !
ceci ne me paraît pas clair. Entrons chez vous

pour tâcher de mieux nous comprendre. Aussi
bien c'est l'heure de dîner et j'ai faim. Je n'entends pas que mes satanés neveux m'empêchent
de manger mon soûl.

Urbain le suivit sans résistance, il avait fait
une maladresse, il le comprenait. Maintenant le
fin compère avait l'éveil, et, une fois sur la piste,
il n'était pas homme à la perdre. Marcelle avait
tout vu, du haut de son balcon; à mesure que
son oncle approchait, elle faisait un pas en arrière, elle n'eût pas voulu, pour un empire,
rencontrer ses yeux avant d'avoir eu le temps
de se remettre.

Son cœur battait fort, elle tremblait; la présence de Guillaume et son air annonçaient des
calamités. Tout était découvert, on allait la renfermer dans quelque prison, dans un *in-pace*
peut-être, et le marquis, et Noël! qu'allaient-ils
devenir? Comme elle se repentait d'avoir auto-

risé M. de Saintré, par sa présence, à rester sur
cette maudite place ! Guillaume était entré, on
s'expliquait sans doute, on allait venir la chercher, c'était l'heure de se mettre à table. Dieu
seul savait ce qui résulterait de tout cela.

Elle se regarda au miroir, et tâcha de se re-
composer un visage, comme un acteur qui va
entrer en scène. Elle entendit marcher dans le
corridor, on frappa à sa porte, elle répondit d'un
accent assez ferme ; M. Gautrait se présenta,
aussi froid, aussi calme qu'à l'ordinaire.

— Venez, mademoiselle, il y a là-bas votre
oncle, Guillaume Lerat, qui désire vous parler
de la part de madame la princesse.

Elle ne se le fit pas répéter, et le suivit d'un
pas qu'elle s'efforçait de rendre tranquille. Il
marcha devant elle sans se retourner et l'introduisit dans la salle, où se trouvait déjà un aréo-
page composé de la procureuse, de madame

Gautrait, de son oncle et d'Urbain, placé un peu derrière les autres. Toutes ces physionomies exprimaient un vif mécontentement : la procureuse avait l'air furieux, et Urbain était profondément triste.

— Voilà mademoiselle Marcelle Lerat, dit le maître de céans.

— Ah ! ah ! ah ! mademoiselle la coureuse, c'est ainsi que vous faites des vôtres et que vous profitez des bontés de madame l'abbesse ! Vous auriez mieux fait de continuer à vaguer par les chemins comme une bohémienne que vous êtes. Au moins vous n'auriez pas apporté le scandale dans une sainte maison. Sa Révérence m'envoie pour vous interroger. Pensez-vous que je n'aie rien de mieux à faire ? N'est-ce pas le temps des semailles et des boutures ? Mon pauvre jardin souffre loin de moi.

Marcelle s'était tout à fait remise, elle essaya de se rendre maîtresse de la situation.

— Ce n'est point cela probablement que madame l'abbesse vous a chargé de me dire, mon oncle ? dit-elle.

— Voyez-vous l'effrontée ! s'écria Guillaume furieux. Madame m'a chargé de vous dire, pécore, que ce train de vie ne pouvait durer. Elle vous somme de m'apprendre ce que vous avez fait de M. le marquis de Saintré, qui a couru après vous : elle demande — elle en a le droit — ce qu'est devenu votre vaurien de frère, il s'est échappé de chez M. le chapelain, pour vous rejoindre. Vous avez mis le désordre et la honte dans l'abbaye. Les nonnes se voilent le visage rien qu'en prononçant votre nom, et les miens sont outrés contre vous ; madame de Villevielle exige qu'on vous chasse, et mademoiselle de Charly n'a pas assez de paroles pour vous anathématiser. Répondez sur l'heure, par quel sortilége avez-vous perdu ces jeunes gens ?

Urbain écoutait avec une anxiété peinte sur son visage, sa mère suivait tous ses mouvements et son exaspération était au comble.

— Oui, oui, interrompit-elle en se levant, oui, elle est sorcière, elle a ensorcelé mon fils, je n'en doute plus. Regardez-le et dites-moi s'il ne fallait pas être le diable pour le réduire à cet état-là.

Le jeune homme, en effet, ressemblait plus à un cadavre qu'à un vivant, tant son émotion était forte !

— Ma mère ! ma mère ! s'écria-t-il.

— Ne vas-tu pas la défendre à présent ? Je ne puis me taire davantage, je dirai tout. Sachez donc, mon frère et ma sœur, et vous aussi, mon brave homme, puisque vous êtes son oncle, sachez donc que cette nuit, pas plus tard, la mé-

créante a attiré mon fils dans sa chambre, par
ses enchantements. Dieu m'a inspirée, j'y suis
allée frapper à la porte, elle a fini de s'éveiller,
elle a fait disparaître Urbain je ne sais comment, et quand je suis remontée chez lui, je l'ai
trouvé dans son lit, où il n'était pas la minute
précédente.

— J'atteste le ciel, interrompit le clerc en se
levant, que ceci est une imposture. Je ne suis
jamais entré dans la chambre de mademoiselle
Marcelle. Plût à Dieu que j'y eusse été cette
nuit !

— Vous l'entendez ! reprit la procureuse.
N'est-ce pas toujours le charme qui opère ? Eût-
il osé parler ainsi devant nous ?

— Madame, je ne sais ce qui regarde votre
fils, je crois pourtant que vous vous trompez,
cette gaupe poursuit un plus gros gibier que le
fils d'un procureur, et s'il y avait quelqu'un cette

nuit dans sa chambre, ce dont je ne doute pas, ce n'était point lui.

— Le fils d'un procureur vaut mieux qu'une danseuse des rues, nièce d'un jardinier !

— Elle est encore nièce de bien d'autres que d'un jardinier. Mais je m'entends et ce n'est pas de cela qu'il s'agit. Qu'elle réponde. Où est M. le marquis ?

— Je ne suis pas chargée de garder les jeunes seigneurs, mon oncle.

— Où est ce garnement de Noël ?

— Je l'ignore. Je le saurais que je ne le dirais pas, il jouit de sa liberté, qu'il la garde !

— Tu es très-décidée à n'en pas dire davantage sur eux ?

— Irrévocablement.

— Et le jeune robin, tu n'as pas à t'expliquer sur ce que dit sa mère ?

— En aucune façon.

16

— C'est bien ! donnez-moi vite à dîner, monsieur Gautrait, et je m'en vais l'emmener sur l'heure. Je la cacherai si bien que pas un de ces freluquets ne la retrouvera. Pour son frère, qu'il aille à tous les diables ! je ne prendrai pas la peine de le chercher. Madame aura recours aux gros bonnets, si elle y tient.

Marcelle était restée debout pendant cette séance; lorsque la servante apporta la soupe sur l'ordre de M. Gautrait, elle alla prendre sa place accoutumée à table, à côté de la procureuse, qui lui barra le passage.

— Si elle se met à table avec moi, avec mon fils, nous quittons la maison sur-le-champ, mon frère.

— Qu'à cela ne tienne, madame, n'ayez aucune inquiétude, c'est moi qui m'en irai. Je remercie monsieur et madame Gautrait de leurs bontés, je vous pardonne malgré votre injustice, j'emporte un bon souvenir de votre fils. Je vais, en attendant mon oncle, faire un petit paquet de mes effets là-haut, ensuite je serai prête à l'accompagner partout où il lui plaira de me conduire.

Elle fit la même révérence que quand elle quêtait des gros sous sur la place et disparut comme un farfadet. Urbain la suivit de l'œil, même lorsqu'il ne pouvait plus la voir. Il eût donné sa vie pour monter avec elle, le marquis n'était-il pas à l'attendre sur la place? Ils allaient échanger quelques signaux convenus, elle le préviendrait de son départ et lui ne saurait rien ! Oh! non, il trouverait moyen de savoir où Guillaume allait la cacher, fût-elle au bout du monde, il n'y a rien d'impossible à l'amour.

En vain Marcelle parcourut-elle des yeux toute la place, elle ne découvrit ni M. de Saintré, ni Noël ; elle allait donc être perdue pour eux, sans

espoir ! Elle rassembla les nippes et quand Lerat
vint la prendre, elle marcha tristement derrière
lui. Juste en ce moment le bruit du tambour de
basque, à peine perceptible, si ce n'est pour
elle, l'avertit qu'elle n'était pas abandonnée.

FIN DE BOHÈME ET NOBLESSE.

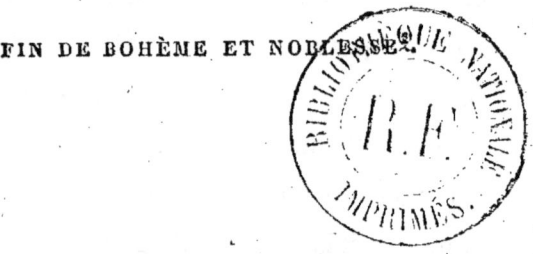

---

1. L'épisode qui termine *Bohème et Noblesse* a pour titre *les
Héritiers d'un prince.*

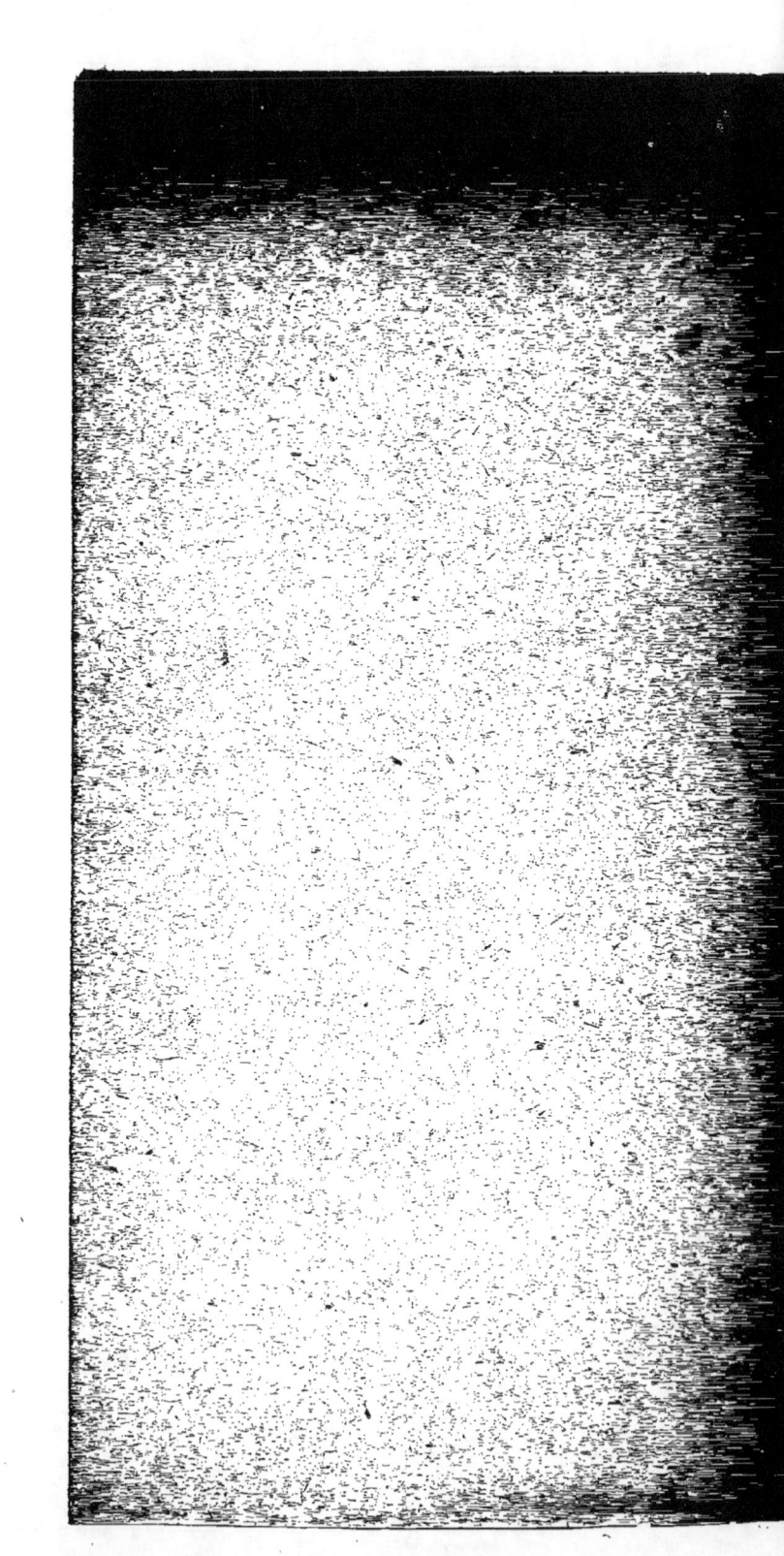

www.ingramcontent.com/pod-product-compliance
Lightning Source LLC
Chambersburg PA
CBHW071909020726
47502CB00003B/944